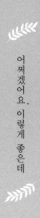

어쩌겠어요, 이렇게 좋은데

한 그루의 나무가 모여 푸른 숲을 이루듯이
청림의 책들은 삶을 풍요롭게 합니다.

어쩌겠어요, 이렇게 좋은데

시시한 행복이
체질이다 보니

김유래 지음

회사-집 챗바퀴에서
내려오다

행복하고 싶었다. 살아 있음을 느끼게 해줄 경험이 필요했다. 일이란 평생 해야 하는 것이니 이왕이면 좋아하는 일을 하면 좋겠다는 생각도 들었다. 사랑하는 것들로 인생을 채울 순 없을까. 하지만 내가 무엇을 사랑하는지 몰랐다.

찾아야 했다, 더 늦기 전에. 단박에 찾아내진 못하겠지. 그래도 시간이 흐른 후 '이것도 해보고 저것도 해봤는데 안 됐어'라고 스스로에게 시답잖은 변명이라도 하고 싶었다. 항상 '뭔가가 더 있지 않을까?' 생각하곤 했다. 눈에 선명하게 보이지는 않지만, 머릿속에 뚜렷한 형태로 떠오르진 않지만…… 뭔가가 더 있지 않을까?

쉬고 싶기도 했다. 그래, 나는 그냥 좀 쉬고 싶었을 뿐이

다. 칠 년이었다. 길다면 길고 짧다면 짧은 시간이다. '다람쥐 쳇바퀴 돌듯(진부한 표현이지만 이만큼 꼭 들어맞는 말이 없다.)' 돌아가는 매일, 그 하루하루를 견딜 수 없었다. 아니, 견뎌선 안 된다고 생각했다.

나는 지쳐 있었고 행복하지 않았다. 급기야 출근길에 길바닥에서 주저앉고 나서야 그 심각성을 알게 되었다. 진단이 내려졌다. 병명은 갑상샘항진증. "갑상샘 호르몬 수치가 일반인에 비해 여덟 배나 높습니다. 굉장히 힘드셨을 텐데요?"라고 의사가 말했다.

사표를 냈다. 주위에선 "호르몬은 약 먹고 나면 금방 괜찮아질 거야"라고 했다. 약만 먹으면서 내 몸을 속이고 싶지 않았다. 내 몸 안의 모든 세포와 호르몬이 온전하게 작용하길 바랐다. 나는 남들에겐 항상 친절했고 나에겐 대부분 나빴다. 일할 때는 완벽해야 한다고, 작은 실수도 하면 안 된다고 나 자신을 다그쳤다. 긴장을 해야 실수가 적다고 믿었기에 일부러 더 긴장 상태를 유지하기도 했다. 필요 이상으로 걱정했고 불안해했다. 그래서 아팠다. 누구의

탓도 아닌 내 탓이었다. 내 몸에 미안한 마음이 들었다.

발리와의 인연은 오해에서부터 시작되었다. 발리를 '신들의 섬'이라고 부른다는 말을 어릴 때 들은 적이 있다. '얼마나 아름다우면 신들도 찾아오는 섬일까?' 내 맘대로 생각하고 발리를 그렇게 예쁜 풍선처럼 부풀려서 오랫동안 가슴속에 두둥실 간직해오고 있었다. 너무 아름다워서 '신들의 섬'으로 불리는 게 아니라 모든 집에 신전이 있고, 매일 아침 '차낭(canang, 발리인들이 신에게 바치는 작은 제물. 실제 발음은 '짜낭'에 가깝다.)'을 바치는 것으로 하루를 시작할 정도로 신을 경배하는 마음 때문에 그렇게 불린다는 사실은 이곳에 오고 나서야 알게 되었다. 그러니 발리와 나는 오해가 만들어준 인연이다. 하지만 어느 쪽이든 내 맘에 쏙 들었다.

인도네시아 발리 섬에 있는 우붓(Ubud)은 발리 고대어 '우바드(ubad)'에서 유래된 지명으로 '약, 약초, 치유'라는 뜻을 가지고 있다고 했다. 그때 이미 나는 우붓으로 가게 될 것임을 알았다. 원래 각종 명소를 바쁘게 돌아다니는 여행을 좋아하지 않고 그렇게 하지도 못한다. 나는 여행을 가서 그곳과 사랑에 빠지는 것을 좋은 여행으로 친다. 친해지지 못하고 발만 콩 찍고 오는 여행은 섭섭하다. 정이 들고 와야 한다. 정이 들려면 최소한 일주일은 있어야 한다. 물론 단 몇 시간을 있더라도 사랑에 빠질 수 있다면 더없이 좋겠지만 나는 시간이 좀 걸리는 편이다. 백수라서 시간도 많겠다, 한 달을 잡았다. 그렇게 나는 혼자서 발리의 우붓으로 떠났다.

그리고 그 한 달이 지난 마지막 날. 게스트하우스에서 걸어 나와 공항으로 가는 택시를 탔다. 차 문이 닫히고 매끄럽게 미끄러지다 마침내 철컥하고 잠기는 소리가 났을 때, 갑자기 눈물이 콱 쏟아졌다. 나도 그런 내가 너무 당황스러워 울면서도 깜짝 놀랐다. 우붓 중심가를 지나면서는 차 시트를 부여잡고 거의 통곡을 했기 때문에 기사님이 너무 놀라 차를 세웠다. 그렇게 펑펑 울어보기는 평생 처음이었다. 기사님한테 부끄럽기도 하고 죄송하기도 해서 울음을 그치려고 입술을 꼭 깨물었지만 아무리 참아도 눈물이 끝도 없이 흘렀다.

나는 집에 돌아와서도 걸핏하면 울어버리는 통에 언니를 난감하게 만들었다. 우붓에서 들었던 노래 첫 소절만 듣고도 눈물이 떨어졌다. 내 일기를 훔쳐본 남동생은 "누나야, 이건 첫사랑이랑 헤어진 사람 얘긴데?"라고 했다. 정말로 맞는 말이라고 생각했다. 어쩐지 그제야 첫사랑의 감정을 알 것만 같은 기분이 들기도 했다. 때마침(?) 동생은 삼 년 만난 여자 친구와 헤어진 상황이었기에 우리는 서로를 위로했다.

우붓의 무엇이 나를 그렇게 울게 했을까?
우붓의 무엇이 나를 그렇게 강하게 끌었을까?

아무리 생각해봐도 도저히 한마디로 말할 수 있는 것이 아니라서 나의 소중했던 우붓 이야기를 여기에 정리해보려 한다.

Part 1

다녀온다고
인생이 바뀌진 않겠지만

Part 2

다시 안 왔으면
어쩔 뻔했어

Part 1

다녀온다고
인생이 바뀌진 않겠지만

어쩌면 두려움 따위
핑계였는지도

우붓으로 떠나기 일주일 전부터 잠을 제대로 못 잤다. 고백하자면 나는 거의 공포에 휩싸여 있었다. 발리는 내게 환상 그 자체이긴 했지만 혼자 여행을 한다는 사실 즉, 혼자 비행기를 타고 밥을 먹고 명상 수업을 듣는다는 건 소심하고 겁 많은 내가 일주일을 뜬눈으로 지새우기에 충분한 이유가 되었다. 그리고 무엇보다 큰 문제가 있었는데, 이 나이를 먹도록 나는 혼자서는 잠을 자지 못한다. 언니든 엄마든 누군가가 곁에 있어야만 한다. 피치 못할 사정으로 혼자 자야 할 땐 온 집 안의 불을 모두 켜놓고(베란다 등까지도) TV를 켜서 투니버스 채널을 틀어놓아야만 잠들 수 있을 정도다.

그러니까 내가 여기서도 못 해본 많은 일들을 전 세계 관광객이 모인 우붓에 가서 제대로 할 수 있을까? 일단 연습 삼아 돼지국밥이라도 혼자서 한 그릇 먹어본 다음에 여행을 가야 하는 건 아닐까?

드디어 떠나는 날. 콜택시를 불렀는데 생각보다 너무 일찍 와버렸다. 언니가 콜택시를 부르고 있을 때 나는 이미 울 참이었다. 내가 얼마나 중증 겁쟁이인지 잘 알고 있는 언니는 의젓하게 보이려고 애쓰다 눈이 새빨개져서 2초 만에 울음을 터트리고 말았다. 언니는 내게 용돈과 편지를 넣은 봉투를 건넸다. 나도 새벽에 쓴 편지를 언니에게 줬다. 서로 짠 것도 아닌데 편지를 주고받고 있자니 좀 웃기기도 해서 우리는 울면서 웃었다.

발리에 도착했을 때는 온통 까만 어둠이 내린 밤이었다. 겁에 질려 있던 나는 건조하게 나부끼는 바람 소리에도 화들짝 놀랐다. 낯선 나라의 어둠과 나의 두려움이 뒤섞여 아무것도 눈에 뵈는 게 없었다. 온통 시커먼 상태였다. 마중 나온 픽업 기사님의 하얀 치아만 공중에 붕붕 날아다

넜다. 차 안에서 나는 손잡이를 조용히 꽉 잡았다. 한 시간 반 정도가 지나서 게스트하우스에 도착했다.

밤에 혼자 자는 걸 그렇게도 걱정하지 않던가? 어이 없게도, 그날 나는 거짓말처럼 스르륵 잠이 들었다. 언니 가 챙겨준 파란색 호신용 호루라기를 손에 꼭 쥐고서. 일 주일 전부터 잠도 못 자고 비행시간도 꽤 길었던지라 혼절 하듯 잠들어버린 것이다.

새소리가 들렸다. 소리는 가까이에서 아련하게 멀어지 고 있었다. 반쯤 잠에 취한 채로 환상적인 기분을 느끼며 벌떡 일어나 발코니로 나갔다. 새 두 마리가 막 떠오르는 태양의 빛줄기를 따라 동그랗게 돌고 있었다. 동화 속 새 들이 하늘에서 예쁜 옥구슬을 굴리는 듯 신비롭고도 아름 다운 소리가 공기 중에 흩뿌려졌다. 순간 간지럽고 찌릿한 느낌이 등줄기를 따라 일었다.

나는 지금 우붓에 있다.

어쩐지 그래야만 할 것 같아서 숨을 크게 들이쉬었다. 새삼스럽게 내가 이 세상에 살아 숨 쉬고 있다는 생각에 가슴이 벅차올랐다. 어젯밤 무슨 도적떼 소굴같이 시커멓게 보이던 것들이 온통 초록의 울창한 나무로 바뀌어 있었다. 끝없이 펼쳐진 하늘에는 솜사탕보다 더 폭신해 보이는 뽀얀 구름들이 줄을 맞추어 옆걸음으로 옹기종기 흘러가고 있었다. 맑고 깨끗한 새소리가 청명한 아침 공기 속에서 다시 울려 퍼졌다. 그 모든 것이 한데 어울려 나를 꽉 채웠다. 이건 마법이야. 그렇게 혼자 중얼거리면서, 자다 일어나 온통 헝클어진 머리를 한 채로 한참을 멍하니 그곳에 서 있었다.

　일단 스타벅스에 가기로 했다. 나는 커피를 그리 즐기지 않는다. 커피를 마시면 심장이 두근거려서 체질적으로 차 도녀가 못 된다. 뜬눈으로 밤을 지새워 다음 날 지장이 있더라도 크게 상관없다 싶을 때 누가 같이 가자고 해야만 카페에 간다. 하지만 낯선 곳에서의 첫날, '나는 누구? 여긴 어디?' 하는 상황이다 보니 너도 알고 나도 아는 세계 공통의 보장된 맛, 그나마 친숙한 공간을 찾아 스타벅스로 향한 것이다.

그런데 여기 좀 희한하네? 뭔가 달랐다. 우붓 전통 가옥 스타일의 지붕을 머리에 곱게 얹은 옅은 베이지색 건물이 조각상처럼 서 있었다. 빛바랜 듯 멋스러운 간판은 덤. 야외 테이블 옆에는 '물 궁전'으로 불리는 사라스바티 사원(Pura Taman Saraswati)으로 이어진 좁다란 길이 나 있고, 양쪽으로 작은 연못이 있었다. 연못에는 분홍색 수련이 고운 자태로 한가득 피어 있었다.

관광객이 여기 다 모였나 싶을 만큼 사람으로 가득 찼던, 우붓스러운 스타벅스에서 아이스 라테를 마시며 왠지 모를 뿌듯함을 느꼈다. 이렇게 우붓에 와서 혼자 잠도 자고 커피도 마시다니! 며칠 동안 나를 괴롭혀온 두려움과 조금은 친해진 것 같은 기분이 들었다.

우붓에 오기 전에 느꼈던 두려움은 값진 것이었다. 그때의 두려움이 있었기에 이제 나는 안다. 심장이 땅에 떨어질 것처럼 겁나는 것도 막상 해보고 나면 아주 소중한 기억으로 바뀔 수 있음을. 이 경험을 오래 간직하고 싶다. 나중에 또 내가 겁에 질려 있다면 그때 다시 꺼내어볼 수 있도록.

처음 만나는 풍경,
다르게 흐르는 시간

지금 당장 밖으로 나가야 해!

우붓에 있다는 사실 하나만으로도 흥분되어 가만히 있을 수가 없었다. 나는 지도 한 장 들고 미지의 모험을 떠나는 허클베리 핀처럼 두려움과 설렘을 몽실몽실 안고 길을 나섰다.

숙소 주인 할머니가 오두막에 앉아 바나나 잎으로 바구니를 만들고 있었다. "안녕, 밥은 먹었어요?" 할머니는 빠진이를 드러내고 함박웃음을 지으며 물었다. 지금 나가서 먹을 거라고 답하자 할머니는 앙상한 손을 휘저으며 가느다란 목소리로 먹고 가라고 했다. 조식 시간이 한참 지난 터라 괜찮다고 두 손을 모아 거절하는데 별안간 할머니가 고함을 질렀다. 주방에서 눈이 커다란 소년이 튀어나오더니 메뉴판을 내밀었다. 할머니는 나를 바라보며 호호호 웃었다.

이런 게 우붓인의 정인가? 나는 생전 처음 먹어보는 바나나 팬케이크를 입속으로 욱여넣으며 생각했다. 팬케이크가 참 따뜻했다.

거리에는 희미한 향기가 났다. 햇빛은 한껏 들뜬 나를 몽롱하게 만들 만큼 강했다. 야자나무 줄기가 햇살처럼 곧게 뻗었고 가느다란 잎은 바람에 흔들려 반짝거렸다. 마치 초록빛이 도는 노르스름한 풍차처럼 파란 하늘과 하얀 구름에 닿아 있었다.

가는 길에 두 손 모아 기도하는 여인상이 눈에 들어왔다. 그 옆의 계단 입구에는 노란색 마리골드, 새빨간 히비스커스, 도톰한 캄보자가 행인들을 매혹하고 있었다. 이렇게 아름답게 꾸며진 곳이라면 분명 유명한 곳이겠지? 이런 건 찍어줘야지! 나는 퍼뜩 사진을 찍고서 흡족한 마음으로 다시 길을 걸었다.

나지막한 담장 너머로 바라본 모든 집에 아름다운 정원과 사원이 있었다. 하양, 노랑, 분홍 꽃과 연둣빛 잎사귀의 큰 나무가 거리 전체를 꾸미고 있었다. 그 색감이 너무도 선명해서 주위의 담벼락이라든지 가게의 간판 같은 것은 오히려 흐릿하게 보였다.

얼마 가지 않아 집채만 한 조각상이 나타났다. 올록볼록한 갈비뼈마저 섬세하게 조각된, 활과 화살을 든 남자가 거대한 용 두 마리에 둘러싸인 것도 모자라 코끼리마저 지르밟고 있었다. 아르주나 조각상이었다. 우붓에는 조각상이 간판처럼 흔하게 널려 있다는 사실을 곧 깨닫게 됐다. 그러니까 아까 사진 찍은 기도하는 여인상이 있던 곳은 우붓의 평범한 집이었던 것이고, 하마터면 나는 멀쩡한 남의 가정집에 가서 입장료라도 낼 뻔했던 것이다.

한참 걷다 다리가 나왔는데 무심코 밑을 내려다보니 아찔했다. 가만히 보고만 있어도 굴러 떨어지고 있는 중인 것 같은 착시 현상이 들 정도였다. 바닥엔 바위 천지였다. 자칫 발을 헛디뎌 떨어진다면 널려 있는 저 바위 위에서 생을 마감할지도 모른다는 생각이 들었다. 다시 바라본 다리는 왠지 허술하게 느껴졌다. 급하게 난간을 잡아봤지만 안심이 되지 않아서 필요 이상으로 겁먹고 있다고 스스로를 꾸짖었다.

바로 그때 내가 평생 보아온 오토바이 전부를 합친 것보다도 더 많은 오토바이 부대가 무서운 속도로 다가왔다. 탱크 부대가 몰려오는 소리가 내 귓전과 온몸을 철썩 때렸다. 나는 그만 반쯤 혼이 나가 그대로 주저앉고는 엄마를 찾으며 오리걸음으로 되돌아 나왔다.(나는 그때 근처에서 택시를 부르고 있던 남자가 나를 보고 크게 웃는 것을 분명히 봤다.) 알고 보니 그곳에는 다리가 두 개 있는데, 나는 사람들이 다니는 널찍한 다리를 두고 차도에 있는 좁은 다리로 간 것이었다.

다시 길을 걷다가 발에 차일까 신경 쓰이는 것들이 있어서 살펴보니 차루(caru, 지하의 악령에게 바치는 제물. 천상계의 신에게 바치는 차낭은 제단에 올려놓지만, 차루는 땅 위에 내려놓는다.)였다. 바로 옆에선 전통복을 입은 발리 여인이 대문 앞 제단 위에 차낭을 올리고 있었다. 우유가 담뿍 들어간 밀크커피색 피부, 굵은 이목구비에 우아함을 겹쳐놓은 듯 오묘하고 신비로운 분위기를 풍기는 여성이었다. 오늘 하루만 해도 그녀처럼 기도하는 여인을 몇 명이나 보았다. 기도

는 햇살처럼 공기처럼 그들의 일상에 스며 있었다.

그녀는 검지와 중지 사이에 꽃잎을 끼우고 빠르게 반원을 그렸다가 눈을 감고 천천히 나머지 반원을 그렸다. 하얀 향 연기가 조용히 피어올랐다. 그녀가 기도하고 돌아서면서 나와 눈이 마주치자 싱긋 웃었다. 얼이 빠진 채 지켜보던 나는 퍼뜩 정신을 차렸다.

"저…… 안녕하세요. 혹시 빈탕 마켓이 어딘지 아세요?"

그토록 성스러운 기도를 올리던 여인에게 기껏 마켓 얘기나 하다니. 하지만 생필품을 사야 했다. 마켓 같은 속세와는 영 동떨어져 보이던 그녀는 방긋 웃으면서 손으로 가리켰다. 내가 쭉 걸어왔던 방향을. 이제껏 반대 방향으로 열심히 걸어왔던 나는 망연자실한 표정을 숨기고 애써 밝은 척했다. "걸어가실 건가요?" 그녀는 사근사근한 목소리로 물었다.

사십 분째 걷고 있었다. 내가 걸어가겠다고 대답했을 때 기도하던 여인이 왜 그렇게 소스라치게 놀랐는지를 온몸으로 깨달았다. 멀어도 이건 너무 멀다. 목이 타들어갈 것 같았다. 그런데 갈증을 느꼈을 때부터 주위에 카페고 뭐고 아무것도 보이질 않았다. 미칠 노릇이었다. 정신이 혼미해질 때쯤 카페 하나가 눈에 띄었다. 은혜 받은 기분으로 신나게 들어서려고 하는데 카페 안에 너무나 잘생긴 종업원이 서 있었다. 나는 나름 눈이 높다고 자부하는 편인데 까만색 티를 입은 그 남자의 눈에서 빛이 나고 있었다.

내 몰골은 형편없었다. 입고 있던 연분홍색 셔츠는 땀에 절어 진분홍색이 되어 있었고, 육안으로 헤아릴 수 있을 만큼 동그란 구슬땀이 얼굴에 알알이 맺혀 있었다. 잘생긴 종업원이 요즘 몸이 많이 허하냐고 물을 것만 같았다. 정말이지 남사스러운 일이었다. 땀샘이 폭발한 얼굴을 닦으며 도저히 카페 문을 열 수가 없음을 직감하고는 눈물을 머금고 발길을 돌렸다. 이리저리 열심히 돌아다녔지만 어디를 가도 사람들은 여기엔 빈탕 마켓이 없다고 말했다. 결국 나는 택시를 타기로 했는데 너무 덥고 지친 나머지 흥정하는 걸 잊어버렸다. 여기선 흥정이 필수라고 했는데! 그래도 빈탕 마켓은 아까 거기서부터 걸었다면 쓰러졌겠다 싶을 만큼 먼 거리에 있었다. 다소 위로가 되었다.

길 좀 잃으면
어때

몽키 포레스트(Monkey Forest)를 가려고 마음먹었다. 유명한 곳이니 당연히 중심가에서 길이 이어져 있을 거라 생각했건만 삼십 분쯤 지나서 보니 외딴 시골길에 나 혼자 걷고 있었다.

나는 소문난 길치다. 스물 몇 살 때였더라. 크리스마스이브에 설레는 마음으로 혼자 시내에 나갔다가 길을 잃었다. 넓지도 않은 곳이었다. 어디로든 큰 도로로 나오기만 하면 됐는데 도로를 못 찾았다. 고등학교 시절까지 나는 버스도 잘 못 탔다(요즘은 노선표도 잘 되어 있고 안내 방송까지 나오니 얼마나 다행인지 모른다). 친구와 몇 번이나 가본 곳도 막상 혼자 가려면 그렇게 긴장될 수가 없었다. 버스 유리

창에 코가 뭉개지도록 달라붙어서 거리를 유심히 살펴보지만 내려서 확인해보면 어김없이 한두 정거장을 지났거나 덜 간 곳. 그 정도는 양호한 편이다. 목적지의 반대 방향으로 한참을 달려가고 있을 때 황망해하면서 거칠게 벨을 누르고 내린 적이 한두 번이 아니었으니까. 가족들도 나를 답답해했지만 사실 내가 제일 답답했다. 허구한 날 이런 식이다 보니 엄마는 내게 택시비를 쥐여주며 웬만하면 택시를 이용하라고 당부하곤 했다. 어디 멀리 잘못 내려서 택시를 타기보다는 처음부터 타고 가는 게 고생도 덜하고 돈도 덜 든다고 생각하셨던 것이다.

아무튼 난 분명 또 길을 잃고 말았다. 아무리 그래도 몽키 포레스트가 이렇게나 멀까? 곰곰이 생각하다 숲이니까 멀겠거니 하고서 다시 걸었다. 태양은 끝없이 높은 곳에서부터 땅속까지 벌겋게 달구어댔다. 내리쬐는 뙤약볕이 온몸에 들러붙었다. 혼이 빠지게 걷다 보니 기절할 것 같았다. 개는 또 왜 그렇게 많은 건지 알 수 없었다. 하나같이 시커멓고 커다란 무시무시한 개들이었다. 도대체 뭘 먹고 저렇게 덩치가 큰 걸까. 내가 더 우악스럽게 짖고 싶었지만 꾹 참았다. 정말 너무 무서웠기 때문이다. 서늘해진 가슴으로 가방을 부여잡고선 개들과 눈을 마주치지 않기 위해 허공 어딘가를 애매한 눈빛으로 바라보며 '내가 지금 너희들이 눈에 들어올 정신이 아니거든' 이러면서 걸었다.

두 시간이 넘도록 걸으니 드디어 몽키 포레스트 입구가 나왔다. 그런데 너무 한산했다(나중에 알고 보니 거긴 뒷문이었다). 아무 데나 엉덩이를 붙이고 간신히 쉬려고 하는데 어디선가 나타난 회색 원숭이가 내 물통을 홱 낚아채갔다. 쫓아가서 물통을 찾을 의욕조차 없었다. 내가 안달하며 따라가지 않자 원숭이는 빼앗아간 물통을 땅바닥에 내동댕이쳤다.

나는 그곳에서 다시 되돌아 나왔다. 도둑 원숭이가 약간 무섭기도 했고 굳이 입장료까지 내면서 구경하고 싶지가 않았다. 애초에 산책을 하고 싶었을 뿐이라고 스스로 위로했다. 어쩌다 보니 산책이 히말라야 원정만큼 고된 일이 되고야 말았는데, 그 상태로 몽키 포레스트 안까지 들어갔다가는 영영 정신을 잃을 것만 같았다.

그건 그렇고 사람들이 왠지 나를 이상한 눈빛으로 쳐다보는 것 같아서 이유가 궁금했다. 알고 보니 나는 걸어서 십 분 거리의 잘 닦여진 큰길을 두고 멀리 빙 둘러서 숲길로 들어간 것이었다(우붓에 다시 왔을 때 그 사실을 알게 됐다). 멀쩡한 길이 아닌 숲에서 느닷없이 튀어나온 여자가 잠시 뒤에 다시 숲속으로 들어가는 걸 봤으니 사람들이 얼마나 의아하게 생각했을까. 비록 찾아올 때는 고생했어도 돌아가는 길은 헤매지 않을 거라 자신했지만, 결국 나는 왕복 네 시간 만에 숙소로 돌아올 수 있었다.

우붓 여행을 계획하면서 웬만하면 택시를 타지 않기로 다짐했었다. 물론 도저히 답이 없을 때 딱 세 번 택시를 타긴 했지만, 나는 가능한 한 걸으면서 몸으로 우붓을 느끼고 싶었다(한국에 돌아올 때쯤 팔에 수포가 일어나고 화상을 입어 삼 주 동안 고생했으니 제대로 느낀 셈이다).

한번은 아르마 미술관에 갔다가 오후 6시가 넘어서 길을 나섰는데 길이 낯설고 어두워서 앞이 잘 보이지 않았다(나는 무서우면 눈앞이 정말로 캄캄해지는 병이 있다). 그런데 주위에는 아무도 없는데 어딘가에서 말소리와 웃음소리가 들리는 게 아닌가. 삼십 분을 쉬지 않고 정신없이 걷고 뛰고 했다. 으슬으슬해서 끈적한 땀이 아니라 식은땀이 다 났다. 무엇에 홀린 사람처럼 앞만 보고 열심히 발길을 재촉하고 있는데 깜깜한 어둠 속에서 누군가가 소리쳤다.

"헤이!"

순간 너무 깜짝 놀란 나는 얼마나 이상한 괴성을 질렀는지 모른다. 숙소 주인이었다. 반쯤 정신이 나간 채로 숙소마저 지나칠 뻔한 나를 마침 앞에 나와 있던 주인이 알아보고 부른 것이다. 그가 아니었다면 나는 또 어디까지 가서 길을 잃고 방황했을지 모르는 일이다.

그럼에도 불구하고. 툭하면 길을 잃고 툭하면 목적지도 없이 걸어 다녔기에 더 보고 더 느낄 수 있었다. 짧은 거리만 다녀 버릇했다면, 택시를 즐겨 탔다면, 어디든 능숙하게 단번에 찾아갔다면 이렇게 정이 들지는 못했을 것이다.

어렵게 얻은 인연일수록 더 소중하게 느껴지는 법이다. 수없이 헤맨 시간이 있었기에 그만큼 더 소중하고 특별한

기억들이 남아 있다. 낯설게 보였던 우붓의 거리를 이제 나는 눈을 감고도 떠올릴 수 있다.

항상 맞는 길, 빠른 길을 가려고 노력했다(비록 마음 같지 않아서 자주 틀린 길로 가긴 했지만). 길을 잃었을 땐 화나고 짜증스러운 게 당연했고, 주위를 둘러볼 생각은 한 번도 해본 적이 없었다. 하지만 우붓에서는 급한 일 따위 없었다. 대신 돈을 주고도 살 수 없는 시간이 있고 여유가 있었다. 주위 풍경이 눈에 들어오기 시작했다. 걷고 또 걷다 보면 무더위 속 시원한 바람을, 외곽 지역의 평화로운 풍경을, 다정한 사람들을 만나고 그 길 끝에 진짜 나를 만나기도 하는 소중한 순간이 와줬다. 거기에는 예상치 못해서 더 매혹적이고 아름다웠던 수많은 장면이 숨어 있었다.

미대 오빠 카덱의
그림 수업

"안녕하세요? 카덱이라고 해요."

단정한 옷차림에 까만색 백팩을 멘, 예상보다 어리게 보이는 남자가 인사했다. 늦을까 봐 뛰어온 탓에 땀을 뻘뻘 흘리는 나와는 달리 그는 적어도 산뜻해 보였다.

카덱은 내가 인터넷을 통해 신청한 페인팅 수업의 선생님이었다. 아직 학생이지만 방과 후에 이런 학습센터에서 그림을 가르친다고 했다. 선한 눈매에 유쾌하게 웃다가도 가만히 있을 땐 꼭 다문 입술 선이 어딘가 확실히 미대 오빠 분위기를 풍겼다. 나는 눈치 없이 흐르는 땀을 닦으며 널따란 탁자와 편안해 보이는 자주색 방석이 있는 곳으로 가서 앉았다. 수업을 듣는 사람은 나 혼자였다.

그는 가방에서 노트북과 알록달록한 물감이 담긴 물통 몇 개를 꺼내며 무슨 그림을 그리고 싶은지 내게 물었다. 내가 꿈꾸는 집을 그려보고 싶다고 하니까 "비슷한 사진을 보면서 그리면 쉬울 거예요" 하면서 노트북을 켠 뒤 사진 파일을 열었다.

"집 앞에는 반얀트리가 있어야 해요."

내가 분명한 어조로 말했다. 그가 멈칫하며 내 눈을 바라보고 웃기에, 반얀트리는 내게 특별한 의미가 있다고 덧붙였다.

"그래요. 우리, 당신이 사랑하는 반얀트리가 있는 집을 그려보죠!" 그가 말했다.

카덱은 먼저 구도를 잡았다. 그러지 않으면 사람 머리가 바위만 하고 팔다리는 가제트 형사처럼 될 거라고 "퓌슈우욱, 퓌슈우욱!" 소리 내어 설명했다. 이번엔 내가 웃었다.

"글쎄요. 이상하기도 해요. 우리 집에는 그림 그리는 사람이 아무도 없거든. 잘 모르겠네요."

어떻게 그림을 시작했는지 묻는 질문에 그는 그렇게 대답한 후, 입을 꼭 다물고 잠시 생각하다 장난스럽게 말했다. "그건 어떤 운명 같은 거였어요."

스케치를 열심히 한 탓인지, 이야기만 열심히 한 탓인지, 정해진 수업 시간을 한참 지나 세 시간이 넘도록 채색은 시작도 못 하고 있었다. 그가 싱긋 웃으며 말했다.

"내 스튜디오에 놀러 올래요?"

다음 날 우리는 다시 만났다. 카덱의 스튜디오는 집 안에 꾸며져 있었다. 그는 함께 살고 있는 형과 형수님 그리고 아직 갓난아기인 조카를 소개해주었다. 사촌 동생들도 있었는데 나는 잘생긴 코망*에게 한국어 몇 가지를 가르쳐주었다.

카덱이 그림 몇 군데를 붓으로 아무렇게나 쓱쓱 칠했다. 세 시간 넘게 공들인 스케치에 어두운 물감이 스몄다. 내색하지 않았지만 나는 깜짝 놀랐다. 뭐지? 이 사람 혹시 그림

● 셋째 아들이라는 뜻. 발리의 평민계급(수드라)은 출생 순서에 따라 이름이 붙여진다. 남녀 구분 없이 첫째는 와얀(Wayan)이나 푸투(Putu), 둘째는 마데(Made)나 카덱(Kadek), 셋째는 코망(Komang)이나 뇨만(Nyoman), 넷째는 크툿(Ketut)이고, 다섯째 아이부터는 다시 와얀부터 순서대로 반복된다고 한다.

을 야매로 배운 건가? 그는 내 표정을 보더니 괜찮다고 말하고는 잠시 후, 그 위에 다른 색을 칠했다. 정말 신기하게도 한 겹 두 겹 덧칠할수록 색이 깊어지고 제빛을 발했다.

그런데 사고를 쳤다. 내가 붓을 놓치는 바람에 반얀트리가 순식간에 한 손 달린 나무요괴가 되어버리고 말았다. 카덱은 "반얀 괴물이다!" 외치며 혼자 웃더니 "괜찮아요" 하고 말했다. 반얀트리가 제일 중요한데……. 나는 흉측한 나무요괴에게 영혼을 빼앗긴 듯 침울해져서 망친 그림을 허망하게 바라보았다.

말이 나왔으니까 말인데 나는 그림 그리는 걸 좋아하지는 않는다. 색칠을 잘 못하기 때문이다. 내가 쥔 붓은 매번 엉뚱한 곳에 엉뚱한 색을 칠한다. 결국은 포기하는 심정으로 아무렇게나 채색을 하다 보니 그림 그리는 게 즐거울 리 없었다. 카덱은 내가 잘못 칠한 부분의 물감이 말랐는지 확인하기 위해 손으로 만져보고는 그 위를 하얀색으로 덧칠했다. 흠…… 야매가 틀림없군. 나는 어차피 그림은 망했으니 될 대로 되라는 심정으로 그림의 다른 부분을 대충 칠했다. 그런데 그가 하얀색 덧칠 위에 하늘색 물감을 한 번 더 칠했다.

"따란!" 카덱이 한 손으로 반얀트리를 가리키며 뿌듯한 눈빛으로 웃었다. 그림 속에는 성스러운 반얀트리가 돌아와 있었고 나무요괴는 감쪽같이 사라지고 없었다. 나는 놀랍고 기쁜 마음으로 그를 따라 웃으며 속으로 그의 실력을 의심했던 걸 진심으로 사과했다. 반얀트리도 돌아왔겠다, 나는 다시 심혈을 기울여 나머지 부분을 색칠해나갔다.

"화났어요?"

한창 그림 그리기에 열중하고 있는데 그가 생뚱맞은 질문을 했다. 무슨 소리냐는 표정으로 그를 쳐다보자 그가 물감이 묻은 손가락으로 내 이마를 가리켰다. 나는 그제야 내가 미간을 잔뜩 찌푸리고 있었다는 걸 깨달았다.

"웃으면서 해도 괜찮아요. 수정할 수 있어요. 봤잖아요?"

그날 나는 꽤 그럴듯한 그림을 완성했다. 그림 속 파란 하늘, 예쁜 집, 잔잔한 호수 그리고 반얀트리를 바라보았다. 난 정말 몰랐다. 물이 섞여 질퍽거리는 물감은 결코 되돌릴 수 없을 것 같았다. 하지만 얼마든지 수정이 가능했다.

나는 일할 때도 모니터에 얼굴을 바짝 들이대고 숫자를 노려보곤 했다. 실수가 없다는 건 일을 잘하는 게 아니라 그냥 당연한 거라고 생각했다. 조금이라도 정확하지 않은 게 있으면 세상이 끝나버릴 것만 같았기에 매 순간 긴장의 끈을 놓지 않고 나 자신을 몰아붙였다. 사실은 수정할 수도 있지 않았을까? 그렇게까지 미간을 찌푸리지 않아도 괜찮았던 게 아니었을까?

그날 카덱은 나를 집까지 바래다주었다. 오토바이가 회색빛 도로를 미끄러지듯 달렸고 저 멀리서 매혹적인 노을꽃이 막 피어나고 있었다. (헬멧을 잘 썼어도 그러지는 말았어야 했는데) 나는 나도 모르게 두 손을 하늘로 힘껏 내뻗었다. 내 마음은 저물어가던 태양의 마지막 햇살 속으로 부웅 떠올랐고 바람은 하염없이 내 손을 스쳤다.

우리 앞으로
잘 지낼 수 있을까

낮 동안 펼쳐지던 온갖 분주한 소리가 새까만 어둠에 삼켜져버린 듯 조용한 밤. 갑자기 소름 끼치는 날카로운 소리가 귀를 찢었다.

"스스스 즈즈즈."

머리카락이 쭈뼛 섰다. 문밖에서 나는 소리가 아니라 꽤 가까이에서 들렸다. 이 방 어딘가에서 나는 소리가 분명했다. 잠시 후, 더 높고 크게 "쓰쓰쓰 쯔쯔쯔" 하는 소리가 들렸다. 뭐지? 저런 소리가 거들지 않아도 혼자 있는 밤은 내게 충분히 공포스럽다. 무의식적으로 콧구멍으로 숨을 크게 들이쉬고서 여차하면 도망갈 심산으로 엉덩이를 뒤로 뺀 채 소리가 나는 쪽으로 다가갔다. 바로 그때 뭔가가 꼬리를 갈지자로 흔들어대며 재빨리 에어컨 뒤로 숨는 게 아니가? 순간적으로 움찔한 나는 평생 배워본 적 없는 각기 춤을 추면서 뒷걸음질 쳤다.

　세상에 도마뱀! 어떡하지? 어떡하지? 발을 동동 굴렀다. 도마뱀을 그렇게 가까이서 보는 건 난생 처음이었다. 빠르긴 또 왜 저렇게 빠른 거야? 나는 빠른 속도로 움직여대는 걸 보면 온몸에 소름이 돋는다. 눈 깜짝할 사이에 내 얼굴로 달려들 것만 같은 확신(!)이 들기 때문이다. 폭풍 검색을 해서 내가 본 생물체의 이름을 알아냈다(두려움을 잊기 위해 뭐라도 해야 했는데 딱히 그것 말고는 할 게 없었다). 영어로는 '게코(gecko)', 발리어로 '찌짝(cicak, '치착'은 도무지 낯설기에 이것만큼은 그냥 '찌짝'으로 쓰고자 한다.)'이라 부르며 한국말로는 '도마뱀붙이'라고 했다. 뜬눈으로 밤을 지새우고 아침 6시가 되어서 숙소 주인에게 달려가 도움을 청했다.

　희한하게도 그때부터 찌짝이 울지를 않았다. 심지어 주인이 에어컨 뒤를 툭툭 치는데도 조용했다. 분명히 그쪽에 숨었는데 말이다. 주인은 아무것도 없는 것 같다며 웃었다. 뭐야? 이게 사람 가려가면서 소름 끼치게 우는 거야?

할 수 없이 주인은 돌아갔고 난 덜덜 떨다가 정신을 잃다시피 해서 세 시간을 겨우 잤다.

오후에 잠시 외출하고 돌아와 숙소 문 앞에 서서 열쇠를 꽂으려는 순간, 벽 위쪽에 붙어 있는 찌짝과 눈이 마주쳤다. 적어도 여섯 마리가 한데 모여 있었다. 나는 소리 없이 절규했다. 잠시 숨을 몰아쉬고 옆에 있는 문을 쾅쾅 두드린 다음, 소리에 놀란 찌짝들이 흩어진 틈을 타서 민첩한 몸놀림으로 재빨리 방 안으로 들어왔다. "휴" 하고 딱 돌아서는데 바로 그때, 어젯밤에 본 그 찌짝이 후다닥거리며 몸을 숨기는 게 아닌가. 울고 싶었다. 이 친구야, 내가 더 후다닥할 판이야. 내가 아예 눈치채지 못하게 좀 더 빨리 숨었어야지.

그런데 찌짝이 나의 천적인 모기를 다 잡아먹는다고 한다. 그래서 발리인들은 찌짝을 좋아하고 찌짝 모양의 기념품을 많이도 만든다. 결혼 첫날밤 장모가 신혼 방에 일부러 찌짝 두세 마리 넣어주는 게 미덕이었다는 이야기를 듣고 기겁을 했다. 하지만 모기기피제가 없던 옛날엔 찌짝이 모기를 없애주는 고마운 존재였을 것이다. 그래? 모기가 너한테 찍소리도 못한다는 거지? 눈도 못 마주치면서 빈 벽에 대고 말을 하면서 찌짝을 친근하게 대해볼까 생각했다. 사실 나는 믿는 구석이 있었다. 며칠 후면 우붓스러우면서도 최대한 현대식으로 갖춰진 곳으로 숙소를 옮길 예정이었다. 그곳엔 찌짝이 없겠지? 며칠만 참아보자.

어김없이 밤이 찾아왔다. 나는 막 두리안에 도전할 참이었다. 과일의 황제 두리안을 어떤 사람은 역한 냄새가 난다고 하고 어떤 사람은 진한 치즈 풍미가 난다고 했다. 나는 치즈를 사랑하고 비위가 좋아서 수박만 한 두리안을 반 통이나 샀다. 자신 있게 한입 베어 물었다. 순간, 똥냄새가 났다. (이렇게 말하면 좀 그렇지만) 똥이 이에 낀 것 같았다. 도저히 못 먹을 맛이었다. 재래식 화장실의 암모니아 냄새가 코를 찔러서 몸서리치며 고개를 흔들다가 벽을 보게 됐는데 거기에 찌짝 세 마리가 붙어 있었다. 시커멓고도 미끄덩거리는 공포를 느꼈다. 나는 반통이나 되는 두리안과 벽에 붙은 찌짝한테 화가 치밀었다.

친근하게 대하고자 했던 노력은 아무 소용이 없었다. 잠이 쏟아졌지만 자다 깨보면 내 몸 어딘가에서 몸통을 좌우로 흔들며 바쁘게 걷는 찌짝과 눈이 마주칠까 봐 도저히 눈을 붙일 수 없었다. 정말 팔짝 뛸 노릇이었다. 나는 기도도 하고 명상도 했다가 너희 집으로 돌아가라고 회유도 하다가 급기야 쿠션을 집어던지기도 했다(찌짝 쪽으로 던지지는 못했다). 한 마리는 놀라서 도망갔지만 두 마리는 여전히 꼼짝도 하지 않았다. 찌짝은 수줍음이 많고 겁도 많다고 누군가가 해준 말이 생각났다. 저 두 마리는 도대체 뭐지? 그토록 겁 많고 수줍어한다는 찌짝마저도 나를 전혀 무서워하지 않는구나. 나의 물렁함을 눈치채버린 건가 하는 생각이 들었다. 그날도 벌겋게 뜬눈으로 지새우다 아침 7시가 돼서야 겨우 두 시간을 잤다.

드디어 게스트하우스를 옮기는 날이 되었다. 널따란 현대식 침실, 빳빳하고 깨끗한 침구, 방만 한 욕실에 큰 욕조, 작은 수영장, 꽃과 나무가 가득한 아름다운 정원이 나를 반겼다. 예쁜 언니가 가져다준 웰컴 주스와 과일은 마치 예술 조각품 같았다. 정원이 보이는 발코니에 앉아 시원하게 주스를 마시며 주위를 둘러보다 방문의 상부에 시선이 머물렀다. 다시 아래를 살펴보고 문 전체를 훑었다. 이상하다? 옆에서 보니 미닫이 문틀에 1센티미터 정도의 균일한 틈이 있었다.

저 정도 틈이라면 찌짝이 능히 들어오고도 남을 텐데! 놀란 가슴을 부여잡고 욕실로 가보니 거기에 있는 창에도 틈이 있었다. 고급스럽게만 보이던 방 천장 장식에도 틈이 있었는데 그 속까지 들여다볼 수는 없으니 얼마나 뚫려 있는지 알 수 없었다. 답답한 노릇이었다. 숙소를 옮기면 잠을 푹 잘 수 있을 거라고 그것만 기대하고 버티지 않았던가! 저 틈으로 찌짝 가족과 친척들이 모두 내 방을 방문해 파티를 연다 해도 이상할 게 없어 보였다. 숙면은 글렀구나. 프런트에 물어보니 이곳의 방 구조는 모두 같고 원래 그렇게 틈이 있다고 했다.

나는 그길로 마트로 달려갔다. 첫날을 제외하고 며칠 내내 기껏 해봐야 하루에 세 시간 정도밖에 못 자고 있었다.

오늘 밤도 지새울 수는 없었다. 며칠 동안 두세 시간 자고 하루 종일 뙤약볕을 걸었으니 몰골은 엉망이고 걸음걸이는 몽유병 환자처럼 비실비실거렸다. 이대로는 안 된다는 생각에 문에 붙일 수 있는 뭔가가 있을지도 모른다고 생각하며 온 마트를 헤집고 다녔다. 하지만 이 더운 나라에 방한용 문풍지 같은 게 있을 리 없었다. 그때 테이프가 눈에 띄었다. 그래, 저거다! 왜 그랬는지 모르겠지만 여러 색깔 중 빨간색 테이프를 샀다. 게스트하우스에 돌아와 문 틈새를 테이프로 막았다. 그럭저럭 방 문의 틈을 메워보니 결연함이 깃든 빨간색 커다란 네모가 두 개 생겼다. 그런데…… 이러면 문을 열고 나갈 수가 없네?

이런 바보! 너무 겁에 질린 나머지 미처 그것까지는 생각하지 못했다. 나는 테이프를 뗐다 붙였다 하면서 외출하기로 결심했다. 그 정도 번거로운 건 아무것도 아니었다. 새빨간 테이프가 붙여진 기괴한 문이 그리 든든해 보이진 않았고 약간 섬뜩하다는 생각도 들었지만 이내 마음을 강하게 먹었다. 테이프 접착력이 다하는 순간까지 최선을 다해 찌짝을 방어해 잠을 자고야 말겠다!

남의 시선을 상당히 의식하는 나로서도 빨간색 테이핑 작업은 겁에 질려 지푸라기라도 잡는 절박한 심정을 대변하는 것이었다. 그때 내 방을 청소해준 친구들이 나름대로 자기들 딴에 테이프를 다시 가지런히 붙여놓으려 애쓴 흔적은 눈물이 날 만큼 감동적이었다. 들어갈 때나 나갈 때나 하루에도 몇 번이고 테이프를 정성스럽게 뗐다 붙였다 했건만 그럼에도 불구하고 찌짝은 매일 밤 잊지 않고 나를 찾아왔고 나는 거의 미쳐가고 있었다.

"귀엽잖아요? 무섭다는 생각을 버려요. 나도 처음엔 찌짝이 무서웠지만 지금은 귀엽다는 생각이 들어요. 아주 작잖아요. 물지 않아요!"

회색 쫄쫄이 요가복을 입고 식당에 들어와 내 옆자리에 앉은 일본 여자 미코는 그렇게 말했다.

"그런데 그거 뭐예요? 크림캐러멜 디저트 정말 맛있게 보이네요!"

놀라운 친화력으로 내게 말을 건 그녀는 이번 여행이 우붓에 딱 열 번째로 오는 거라고 했다. 감탄스러웠다. 나도 우붓에 열 번쯤 오면 찌짝이 귀엽게 느껴질까?

그날 밤 자다가 불현듯 깼다. 찌짝이 TV한테 급히 할 말이 있는지 벽을 타고 그쪽으로 서둘러 가고 있었다(매일 밤 불을 켜고 잤기 때문에 볼 수 있었다). 밖은 아직도 캄캄한 밤이라는 걸 깨닫고는 또 한 번 놀랐다. 나는 잠도 덜 깬 상태에서 앉았다 누웠다를 몇 차례 반복했다. 하지만 프런트로 달려가진 않았다. 나름대로 극복해보기로 한 것이다. 암만 생각해도 우붓에서는 어디에 있든 찌짝과 함께 있을 수 있다는 사실을 받아들이는 것 말고는 달리 뾰족한 수가 없었다. 여전히 시시때때로 멈칫멈칫하며 '헉' 소리를 지르고 심장이 쫄깃해지지만 그래도 점점 나아지고 있다고 믿고 싶었다. 죄 없는 찌짝. 나중에 한국으로 돌아가면 찌짝마저도 그리울 날이 있을지 모른다는 생각을 하면서 나름대로 최선을 다해 찌짝과 잘 지내봐야겠다고 마음먹었다.

원터치 모기장,
날 지켜줘

나는 모기의 밥이다. 여름에 친구들과 놀러 가서 잠자고 일어나면 나 혼자만 엄청나게 뜯겨 있다. 모기기피제를 뿌려도 모기는 미처 약을 못 바른 부위를 골라 공략한다. 발바닥을 사정없이 물어놔서 끔찍하게 괴로울 때가 많다. 나처럼 입술을 물려본 사람은 별로 없을 거다. 입술에 모기를 물리면 정말이지 못난 얼굴이 되는데, 붓기도 잘 안 빠져서 하루 동안은 손으로 입을 가리고 있어야 한다.

이런 일이 매년 반복되다 보니 여름이 끝날 때쯤 되면 몸과 정신까지 너덜너덜해지곤 한다. 우붓에 와서도 모기는 일찌감치 나를 알아봤다. 명상 수업 시간에 이제 막 이완하고 명상에 들어가려던 참이었다. 무방비 상태로 내려

앉은 내 눈꺼풀을 모기가 꼬옥 물었다(심지어 모기가 눈꺼풀에 침을 꽂는 것까지 느낄 수 있었다). 명상할 때 무는 건 반칙 아닌가? 딱 명상에 들어가려는 찰나에 물어버리면 재빨리 모기를 잡는다는 건 불가능하다. 다음 날 내 한쪽 눈은 강펀치를 맞은 것처럼 너무나 흉측하게 부어올라서 온종일 게스트하우스에만 박혀 있어야 했다.

모기장을 사려고 아침부터 저녁까지 여기저기 돌아다녔다. 하지만 어디서도 모기장을 팔지 않아서 인터넷으로 원터치 모기장을 주문했다. 다행히 인도네시아의 한국 쇼핑사이트에 모기장이 있었다. 문제는 배송 기간이었다. 숙소 직원은 배송이 꽤 오래 걸릴 거라고 조심스럽게 예측했다. 한국에서 사진으로 내 몰골을 본 언니가 보다 못해 우붓 현지에 살고 있는, 모기장을 가진 한국인 부부를 찾아냈다. 블로그를 통해 쪽지로 내 사정을 설명하니 감사하게도 흔쾌히 빌려주겠다고 했다며 그분들 주소를 내게 문자로 보내줬다.

예쁜 집에 살고 있는 한국인 부부는 무척이나 친절한 사람들이었다. 여유로운 말투, 행동 하나하나가 행복하다는 걸 증명하는 것처럼 보였다. 사례를 하고 싶어서 적은 액수의 돈을 건넸지만 그분들은 한사코 사양했다. 그간 모기한테 받은 설움이 컸던지라 갑자기 뭉클해졌다. 길 가는 사람을 붙잡고 외치고 싶었다. 이런 게 한국인의 정이라고요! 나는 옆에 있던 부부의 어린 아들에게 들고 있던 돈을 쥐여주고 후다닥 나왔다. 숙소에 돌아와서 문에 너덜너덜해진 테이프를 붙이는데 다시금 감사함이 솟구쳤다. 대가 없이 생판 모르는 이에게 친절을 베풀고 도움을 준다는 건 생각만큼 쉬운 일이 아니다. 며칠 후 주문한 모기장이 도착했고 나는 그분들에게 모기장을 돌려드렸다.

'타닥타닥, 퍅!' 하고 아름답게 펼쳐지는 원터치 모기장. 메이드 인 코리아. 새삼 한국인의 놀라운 창의성과 생산력에 감탄이 흘러나왔다. 어떻게 이렇게 완벽한 모기장을 만들었지? 사실 내가 모기장을 설치한 진짜 이유는 모기 때문이라기보다는 (숙소에 모기 퇴치 램프가 있었다.) 찌짝 때문이었다. 찌짝을 차단해줄 나만의 공간이 필요했던 것이다. 여전히 찌짝의 울음소리에 움찔하긴 하지만 모기장 안에서 나는 안전과 평화를 찾을 수 있었다.

해삐이~
에브리띵즈 굿

"그는 이곳에 없어요."

먼 길을 걸어온 내 입장에선 '헉' 소리 나는 말을 아주머니는 아무렇지 않게 했다.

영화 〈먹고 기도하고 사랑하라Eat Pray Love〉에 나오는 주술사 크툿 리에르 할아버지를 만나보는 건 나름 의미가 있을 것 같았지만 왠지 돈만 쓰고 올 것 같다는 느낌도 떨칠 수 없었다. 코코마트를 지나 한 무리 아이들의 왁자지껄한 웃음소리를 뒤로하며 찾아간 곳은 특별할 것 없는 평범한 집이었다.

'하지만 지금 저기 마당에서 외국인 여섯 명이 일렬로 앉아 기다리고 있는데요?'라고 말하려는데 오른쪽 방에서

054

전통 복장을 한 할아버지가 나왔다. 나물을 손질하고 있던 아주머니가 다시 말했다.

"그분의 아들이에요. 원한다면 저분을 만날 수 있죠."

"크툿 할아버지는요?" 내가 묻자 아주머니는 두 손을 한쪽으로 모아 고개를 기울이며 눈을 감았다. 만나지 못할 수도 있다고 예상하고 온 것이다. 어찌할까 망설이다가 그의 아들(이분도 연세가 많은 할아버지였다.)이라도 만나보자는 생각에 마당에 있는 오두막으로 가서 순서를 기다렸다. 상담은 신속하게 진행되어 금세 내 차례가 왔다.

"사롱을 착용해야 합니다."

아까부터 외국인들 옆에서 이것저것 이야기하고 있던 아저씨가 웃으며 말했다. 그러고는 다짜고짜 내 허리춤을 잡고는 자주색 사롱(sarong, 허리에 둘러 입는 치마 모양의 하의)을 정신없이 휘감았다. 내가 무의식적으로 몸을 뒤로 빼자 옆에 앉아 있던 백인 남성이 웃으며 말했다. "괜찮아요. 부끄러워 말아요." 그가 내 마음을 알아챈 게 당황스러워 괜히 아무렇지 않은 척 늠름하게 서 있으려 했지만 아마 그게 더 어색해서 나무토막처럼 보였을 것이다.

"어디서 왔나요?" 할아버지가 인자한 얼굴로 물었다. "한국에서 왔어요"라고 답하니 "뷰티풀~" 하기에 예의상 한 말인 걸 알면서도 기분이 좋아 웃었다. 할아버지는 몇 가지를 더 물은 후 내 손금을 유심히 보더니 입을 뗐다.

"모든 게 좋아요. 아름다운 미소를 가졌어요. 늘 웃으세요. 일도 열심히 하네요. 좋은 직장에서 돈도 많이 벌고 행복하게 삽니다."

나도 모르게 장난기가 발동해 "건강하기도 한가요?" 하고 물었다.

"네에."

"지금요?"

"네, 헬띠(healthy)~"

할아버지…… 땡이에요. 저는 매일 약을 먹고 있고 병원도 한 달에 두 번은 가야 하는 걸요. 애초에 꿰뚫어보는 점괘를 바란 건 아니었지만 나도 모르게 조금 씁쓸해지고 말았다. 그런 말은 누구에게나 하는 소리가 아닌가. 아름답다는 말도, 건강하다는 말도, 행복한 인생을 살 거라는 말도.

몇 가지 이야기를 더 나눈 뒤 자리에서 일어서려는데 할아버지가 내 눈을 가만히 들여다보며 이야기했다.

"휴식을 가져야 합니다. 일만 하면 아파요."

막 일어나려던 내가 갑자기 너무 놀라서 엉거주춤한 자세로 미동도 않고 있으니 할아버지는 다시 장난스러운 눈빛으로 말했다.

"매년 우붓으로 오세요. 이곳의 좋은 공기를 마시고 좋은 사원에 가고 좋은 사람들을 만나세요. 그러면 해삐이이~ 헬띠이이~ 머니얼랏~ 굿허즈번드으~ 에브리띵즈으 구웃~"

엄지를 척 내밀면서 강한 발리식 억양으로 우붓 홍보 대사가 할 성싶은 이야기를 했다.

생각해보면 별다른 조언은 아니었다. 일만 계속하면 아프게 된다는 얘기도 누구에게나 할 수 있으니까. 그런데도 이상하게 그 말이 내 가슴에 콕 박혔다. 그래, 바로 그것일지도 모른다. 스스로에게 휴식을 주는 일. 그게 내 인생에서 가장 중요할지도 모른다는 생각이 들었다. 다정했던 할아버지의 말이 지금도 종종 생각나 혼자 기분 좋게 되뇌곤 한다.

"해삐이 헬띠이 머니얼랏 굿허즈번드 에브리띵즈 굿!"

나를 찾아가는
시간

"명상은커녕 요가도 별 관심이 없었는데 이곳에 와서 만나는 사람마다 요가반(Yoga Barn) 이야기를 하니 궁금해지기 시작하더라고요. 하루는 레스토랑에서 한 남자를 만나 한참 대화를 나눴는데 그가 물었어요. '애니웨이, 요가반엔 가보셨나요?'"

명상 수업을 기다리며 만난 호주 여자가 통통 튀는 목소리로 말했다. 그녀의 말처럼 이곳에선 서로 안부처럼 묻는다. 요가반에 가보셨어요?

그래서 썩 끌리지 않았다. 영어로 진행되는 수업을 듣는 것도 버거운데 우붓의 모든 관광객이 모이는 요가반이라니. 나는 사람이 많으면 정신을 못 차리기 때문에 웬만하

면 혼잡한 곳은 가지 않으려고 한다. 하지만 그동안 궁금해했던 다양한 명상 수업을 경험해보기 위해서는 요가반을 찾아야만 했다.

요가반 규모는 나를 압도했다. 자갈길이 있는 뒷문으로 들어서면 왼편에 넓은 주차장이 있고 발리 전통 가옥 형태의 게스트하우스가 쭉 늘어서 있다. 양쪽으로 수풀이 우거진 좁은 길을 따라 들어가면 작은 오두막이 나오고 스파 입구도 나온다. 그 길 끝에 중앙 마당이 보인다. 정면에 디톡스 음료를 판매하는 곳이 있고 오른쪽엔 카페, 식당과 명상의 기본을 알려주는 인트로 명상 수업이 진행되는 건물이 있다. 그쪽 뒷길로 나가면 우붓의 맛집인 맘마미아가 있는 식당가로 이어진 길이 나온다.

요가반 중앙 마당을 바라봤을 때 왼쪽에는 자연 친화적 설계로 지어진 2층 원통 건물에 선데이 아이스크림 모양의 지붕을 얹은 메인 건물이 자리하고 있다. 1층에는 리셉션이 있고 주로 명상 수업이 진행된다. 리셉션을 중심으로 오른쪽에는 화장실, 왼쪽엔 요가용품을 파는 작은 판매점이 딸려 있다. (다음번에 다시 우붓을 방문했을 때는 거대한 건물

을 하나 더 짓고 있었는데 이제는 완공되었을 것이다.) 오두막 같은 2층에선 요가 수업과 저녁 명상 수업이 이루어진다.

생각보다 꽤 큰 규모의 요가반에 들어서면서 이미 평정심을 잃은 나는 접수원이 하는 말도 못 알아들을 지경이었다. 그냥 돌아갈까? 오늘은 날이 아닐지도 몰라.(도대체 무슨 날?) 내일 다시 올까? 아직은 마음의 준비가 안 된 것 같은데…… 첫 수업을 기다리는 내내 손톱을 잘근잘근 씹었다. 긴장되고 주눅이 들었다는 말을 열 번 반복해도 그때의 심정을 다 표현할 수 없을 것이다. 하지만 이를 꼭 깨물었다. 얼마나 명상 수업을 듣고 싶어 했던가? 나는 깨문 이를 풀지 않은 채 애써 마음을 다잡았다.

명상 수업이 시작되었다. 동양인은 나뿐이라 불안감이 더 커졌다. 영어도 이해 못하면서 수업을 들으러 왔냐고 누가 말을 걸면 어쩌나 하는 생각까지 들었다. 이 사람들 속에 나 홀로 떨어진 섬처럼 느껴졌다. 지금이라도 나갈까? 조용히 일어나보려고 엉덩이를 들썩거렸다. 그러다 문득 전날 밤에 한 기도가 떠올랐다. 명상 수업을 통해 좀 더

괜찮은 내가 되기를 빌었던 그 기도가. 나는 용기를 내야
만 했다.

　명상 수업을 진행하는 강사는 미소를 머금은 얼굴과 부
드러운 목소리에서 어떤 특별한 기품이 느껴지는 중년의
서양 여성이었다.

　"우리는 수많은 생각을 합니다. 점심은 뭘 먹지? 그곳에
피자가 유명하다던데……. 아니야, 저칼로리 식을 먹어야
해. 샐러드가 좋겠지? 이런 생각들은 명상을 방해합니다.
되돌아오세요. 되돌아오고 또 되돌아오세요. 그러다 보면
그 순간이 옵니다. 처음엔 1초, 3초, 5초밖에 안 되지만 점
점 더 길어지게 될 겁니다. 우리는 그 순간을 위해 명상하
는 것이며 그것은 그만한 가치가 있습니다. 끊임없이 되돌
아와야 한다는 점만 기억하세요."

　그녀는 규칙적인 명상을 위해 '헤드스페이스(Head-
space)', '캄(Calm)' 같은 애플리케이션과 샤론 샐즈버그
(Sharon Salzberg)의 『리얼 해피니스Real Happiness』라는
책을 추천해줬다. 생각보다 나쁘지 않았다. 말이 빠르지

않았기 때문에 그녀가 하는 이야기를 이해할 수 있었고 내가 걱정했던 만큼 나를 신경 쓰는 사람도 없었다. 명상법에 대한 설명을 듣고 나서 마지막에 명상하는 시간을 가졌다. 기도와 명상은 많이 닮은 것 같다. 기도가 신께 말하는 것이라면, 명상은 신의 말씀을 듣는 행위라고 한다. 고요한 침묵 속에서 나는 눈을 감았다.

여기, 우붓에서
살고 싶다

바람은 시원하고 햇빛은 적당했다. 여느 때처럼 마음 가는 대로, 멋대로 걸었다.

시멘트 길바닥에 다양한 언어로 글이 새겨져 있었다. 사랑과 평화의 메세지, 홍보 등에 관한 글귀였다. 찬찬히 읽어보기 위해 천천히 걸었다. 한국어도 있을까? '평화', '자유'라는 한글도 적혀 있었다. 길가에 있는 작은 오두막에 앉으니 바로 앞 두 그루의 야자나무에 묶어 매달아놓은 코코넛 껍질이 옹기종기 사이좋게 모여 바람에 흔들리고 있었다. 평화와 자유……. 나는 멍해졌다.

카페에 갔다. 내가 자리 잡은 별채의 천장에도 코코넛 껍질이 많이 매달려 있었다. 사람 얼굴처럼 각양각색의 표정

이 그려져 있어 예뻤다. 어쩌다 그중 하나와 눈이 마주쳤다. 입을 네모로 벌리고 웃고 있는 얼굴의 코코넛 껍질. 억지로 웃고 있는 거야. 누군가가 속삭이듯 말하는 것 같았다. 순간 섬뜩한 느낌이 들었다. 다시 바라본 그것들의 표정은 우스꽝스럽기도 하고 기괴하기도 했다. 해맑게 웃는 표정도 있었지만 어딘지 모르게 억지스러워 보였다. 아무렇게나 발린 립스틱처럼 너무 붉고 너무 굵은 입술이, 그들 얼굴 뒷면에 누군가가 휘갈겨놓은 방명록이 그랬다. 코코넛 껍질이긴 하지만 누군가에 의해 억지로 지어진 표정으로 저렇게 평생을 보내야 한다면 기분이 어떨까 하는 생각이 들자 좀 서글펐다.

카페 밖 논밭 한가운데 지어진 오두막에는 멋진 그림들이 가득했다. 이 논밭의 주인도 우붓의 흔한 농부 예술가인 모양이다. 새삼스럽게 다시 한 번 놀라고 말았다. 조금 떨어진 곳에는 발리 전통 양식의 아름다운 집도 있었다. 짚으로 만든 지붕처마는 바람이 불면 찰랑찰랑하며 저들끼리 모여 어두워지기도 했다가 다시 흩어지면서 금빛으로 빛나기도 했다. 나는 그제야 이곳에 발을 들인 순간부

터 내 안에서 반복하고 있던 나지막한 목소리를 들었다.

이곳에 살고 싶다. 그 목소리는 계속해서 그렇게 말하고 있었다.

초록빛 벼, 빽빽하게 들어선 야자수와 이상하도록 거대한 나무 위로 깨진 유리 조각처럼 빛나는 햇살이 떨어졌다. 작은 하얀 새가 논밭 위를 정처 없이 위아래로 날갯짓하며 바삐 날아갔다. 내 마음도 이리저리 날았다. 바람이 불었다.

순간 행복했다. 그러다 갑자기 서러운 마음이 들다가 급기야 눈물겨워 울컥하고 말았다. 왜 아름다운 걸 보고 있으면 슬퍼지는 걸까? 때때로 너무 아름다운 것들은 나를 울고 싶게 만든다(당신도 그렇지 않나요?). 감정이 극에 달하면 대척점에 있는 감정과 서로 만나는 것 같다. 그래서 너무 행복하면 슬퍼지기도 하고, 너무 사랑하면 그게 증오가 되기도 하는 게 아닐까. 세상은 추하고 아프고 고통스러운 것들로 가득하지만 또 이렇게 눈물겹게 아름다운 것들로도 가득하다. 그것들은 맞닿아 있다. 또다시 바람이 불어와 나를 가만히 안아주었다.

머리보다 마음을
편들기로 했다

살아오면서 가슴이 꽉 막힌 것처럼 느껴질 때가 여러 번 있었지만, 최근 들어서는 최고점을 찍은 게 아닌가 싶을 정도로 자주 마음이 답답했다.

카페 쿠에 갔다. 벽 없이 뻥 뚫린 이층 창가 자리에 앉아 전날 읽은 책을 떠올렸다. 자신이 무엇을 가장 원하는지 생각해보는 시간을 가지라고 했다. 흔해 빠진 충고다. 하지만 노트를 펼치게 만들 정도로 인상 깊은 말이 있었다. 내 인생을 걸고 하고 싶은 일. 그 구절이 내 뇌를 강하게 뒤흔들었다.

인생을 걸 만큼 해보고 싶은…… 가치 있는 일을 한다……. 그런 게 진짜 삶이지. 설사 터무니없이 엄청나게 대단한 일일지라도 인생을 전부 건다면 아주 불가능하지만은 않을지도 모른다. 나도 그런 일을 찾고 싶었다.

손바닥 크기의 노란색 노트를 펼쳐서 볼펜심을 가져다 댔다. 그때 나는 진부한 일이라 여기면서도 내가 정말로 무엇을 원하는지 제대로 생각해본 적이 단 한 번도 없었다는 사실을 깨달았다.

노트 왼쪽 면에는 내가 잘하는 일, 오른쪽 면에는 인생을 걸고 하고 싶은 일을 생각나는 대로 적었다. 재지 않는 것이 중요하다. 이성적으로 따지기 시작하면 답이 없으므로, 좌뇌가 끼어들 틈이 없을 만큼 빠르게 써내려갔다.

어떤 일을 했을 때 제일 만족감이 컸지?

나는 뭘 좋아하나?

내 귀를 쫑긋 세우게 한 이야깃거리는 뭐가 있더라?

TV 채널을 돌릴 때 나를 항상 멈추게 하는 건 뭐였지?

두 손을 꼭 모으고 빠져들어서 본 영화는?

자야지, 자야지 하면서도 밤을 새우며 읽었던 책은?

몇 가지를 쓰고 나니 막혔다. 이번엔 어린 시절로 돌아가보자. 어린 시절 내 머리를 가득 채웠던 건 뭐였더라? 무슨 꿈을 자주 꿨더라? 어떤 기억이 가장 행복하게 남아 있지? 자연스럽게 '내가 하고 싶지 않은 일'에 대해서도 나에게 물어보고 싶었다. 그것도 써보자. 오랜 시간이 지났지만 아직까지도 최악의 일로 기억하고 있는 사건들 속으로 들어가서, 무엇이 나를 그토록 힘들게 했던 건지 정확한 표현으로 낱낱이 적었다.

얼추 페이지가 채워졌다. 분류해보니 가족, 건강, 배움, 명상, 풍요라는 큰 갈래로 나눠졌다. 내가 중시하는 인생의 핵심 가치가 어떤 것들인지 알게 됐다. 나는 노트에 적은 내용을 다시 찬찬히 읽으면서 우선순위를 매긴 뒤, 1위부터 5위까지를 제외하고 전부 지웠다. 이 다섯 가지가 앞으로 내가 인생을 걸고 해야 할 일들이었다. 집중해야 할 것, 버려야할 것이 명확히 드러났다.

사실 우붓으로 온 가장 큰 이유는 내가 뭘 원하는지 어떻게 살 것인지 방향을 정하기 위함이었다. 과연 이것일까, 그 대답이? 나는 노트에 적힌 다섯 가지를 물끄러미 쳐다봤다. 그래, 그렇다면 좋겠다고 생각했다. 나는 머리보다 마음을 편들고 싶었다.

동시에 아직 아무것도 하지 않았으면서 행여나 그걸 놓쳐버릴까 봐 겁이 나기도 했다. 거대한 현실의 파도에 휩쓸리고 지쳐 내가 원하는 걸 미룬 채 당장의 밥벌이만을 위해 살아가게 될까 봐 두려웠다. 어리석기는. 시작도 하지 않았으면서…… 뭘 두려워하고 있는 거야. 어떻게든 용기를 짜내면 발을 내디딜 수 있을 것이다. 한 걸음만, 작은 한 걸음만 옮긴다 해도 일단 성공했다고 쳐주자. 혼자 중얼거리며 웃었다.

어느 날의
물벼락

어디선가 툭툭툭 하는 소리가 들렸다. 마치 우박같이 단단하고 굵은 빗방울이 떨어졌다. 급히 우산을 꺼내 쓰는데 1초 만에 엄청난 비가 쏟아졌다. 얼마나 빗발이 센지 우산이 뚫릴 것만 같았다. 매일같이 스콜성 비가 짧게 오긴 했지만 그런 비와는 비교가 안 됐다.

우붓 왕궁을 지나자 온 도로가 물에 잠겼다. 거리에 주차해둔 차들의 바퀴는 이미 반쯤 잠겨버렸고 지나가는 차는 엄청난 물벼락을 만들었다. 인도는 그나마 도로보다 높은데도 얕은 냇가처럼 물이 점점 차오르고 있었다. 높은 지대에서 흘러오는 세찬 물줄기가 넓은 하수구 구멍으로도 시원하게 빠지지 못해서 거대한 물회오리를 만들었다.

이리저리 마구 퍼붓는 비에 발은 말할 것도 없고 온몸이 흠뻑 젖었다. 이런 기세로 퍼붓다가는 금세 홍수가 날 것 같았다.

사람들은 거리에서 사라졌다. 모두들 가까운 카페로 식당으로 처마 밑으로 몸을 피했다. 미친 듯이 퍼붓는 빗속에서 물이 뚝뚝 새는 우산을 들고 걷고 있는 사람은 나뿐이었다. 커다란 세탁기가 있는 세탁소에서 소년 세 명이 세탁물을 손질하며 나를 힐끗 쳐다봤다. 그 옆 작은 식당 겸 슈퍼마켓의 흰색 의자에 앉아 있는 아저씨가 손을 흔들었다. 이리로 와서 앉으라고 했다. 나는 쭈뼛쭈뼛하다가 인사를 하고 아저씨 옆에 앉았다. 그는 손님이면서도 마치 주인처럼 자리를 권하며 연신 사람 좋은 웃음을 지었는데 아쉽게도 내가 발리어를 하지 못해 이야기를 나눌 수는 없었다. 세 개에 400원 정도 하는 어묵 사테(sate)를 사 먹고 비를 피하며 생각했다. 오늘 일정은 비 때문에 망했지만, 여행이란 이런 게 아니겠어?

그런데 삼십 분이 지나도 비는 그칠 기미가 없었다. 나는 다시 빗속을 걷기로 했다. 겨우겨우 조심조심 걸어가고 있는데 억수같이 쏟아지는 비가 강풍과 합심해 내게 달려들었다. 순식간에 우산이 뒤집어졌다. 나는 너무 당황해서 뒤집힌 우산을 재빨리 잡아 내렸다. 그러다 카페에 앉아 있던 한 남자와 눈이 마주쳤다. 그는 놀란 표정을 감추지 못했다(그나마 웃음을 참는 데는 성공했는지도 모른다). 또 누가 봤을까? 주변을 둘러보는데 건너편 처마 밑에서 비를 피하고 있던 백인 남자가 내게 엄지를 치켜들었다. 순간 웃음이 빵 터져서 그 남자와 나는 크게 소리 내어 웃었다.

하필 나는 모시 소재의 원피스를 입고 있었다. 천이 어찌나 촘촘하게 엮어졌는지 빗물을 1리터는 족히 머금고 있는 듯했다. 되는대로 꽉 쥐어짜보기도 했지만 금세 한기가 들었다. 기온이 급격히 서늘해진 가운데 비에 젖은 차가운 원피스가 걸을 때마다 자꾸 몸에 닿아 감겼다. 으…… 추워! 이가 저절로 딱딱 맞부딪쳤다. 우붓이 이렇게 추울 수도 있는 곳이었구나. 치맛자락을 최대한 몸에 닿지 않게 하려고 무릎을 굽히지 않은 채 뒤뚱뒤뚱 걸어서 어찌어찌 숙소에 도착했다.

따뜻한 물에 샤워를 하고 나니 비로소 살 것 같았다. 침대에 눕자 온몸이 나른해졌다. 눈을 감으면 바로 잠이 들 것 같았다. 창밖을 보니 지붕 처마에서 일정한 간격으로 패인 홈을 따라 빗물이 끊임없이 흘러내리고 있었다. 빗물로 만들어진 반투명의 세로형 블라인드가 창에 드리워진 것처럼 보였다. 고대 시조새의 발톱처럼 촥 펴진 관음죽 잎들이 그 비를 맞고 찰찰 부지런히 움직였다. 나는 찰찰거리는 나무를 바라보다 스르륵 잠이 들었다.

스승 따위
필요 없어요

티베트 명상 주발인 티베탄 싱잉볼(Tibetan Singing Bowl)을 처음 봤을 때 '금 밥그릇인가? 이걸로 도대체 뭘 한다는 거지?' 싶었다. 이탈리아에서 온 강사님이 황금빛의 도톰한 놋그릇 가장자리를 헝겊으로 감싼 봉으로 부드럽게 문지르니 신기한 소리가 울렸다. 티베트에서는 아주 오랜 옛날부터 이 티베탄 볼 소리를 들으며 명상을 해왔다고 한다.

벽이 뚫린 오두막 2층에서 하는 저녁 수업이 특히 좋았다. 달빛도 비치지 않는 고요한 밤에 그곳에 누워 눈을 감으면 온갖 자연의 소리가 웅장한 티베탄 볼 소리와 섞여 오케스트라 연주처럼 들려오고 그 자체로 특별한 명상이

된다. 티베탄 볼 진동은 마치 나의 혼잡한 뇌파를 공명시
켜 평온함으로 이끄는 듯했고 찌짝 울음소리, 개구리 소
리, 새소리, 바람에 흔들려 사각거리는 풀잎 소리와 함께
천천히 호흡하다 보면 내 몸이 무엇으로 이루어져 있는지
분명히 느낄 수 있었다. 나의 마음속에서 아름다운 빛이
촛불처럼 일렁이면서 명상은 종료되었다.

"구루(스승)가 필요하다고 들었는데요."

내가 물으니 티베탄 볼 강사님은 마치 못 들을 걸 들었
을 때의 표정으로 "왓?" 하고 되물었다.

"영적인 삶을 살기 위해 구루가 필요하다고요? 아니요.
저는 그렇게 생각하지 않아요. 누군가가 스승을 자처하
고 제자에게 이렇게 하라 저렇게 하라 한다? 만약 누군가
가 당신에게 그렇게 말한다면 그건 모두 헛소리예요. (그는
'bull○○○○!'을 강하게 발음했다.) 'F○○○ you'라고 하세요!
(나는 화들짝 놀랐다!) 자신의 목소리에 집중해야 합니다. 내
면에 가장 위대한 스승이 있습니다."

그는 조용히 웃었다.

숨겨진 아름다움에
눈뜨려면

길을 걷다 갑자기 고개가 뒤로 홱 꺾어지면서 엄청난 소리가 났다. 순식간에 무수한 별들이 한 바퀴를 휘익 돌았다. 간판에 이마 정중앙을 세게 들이박은 것이다. 눈물이 쏙 빠질 만큼 오직 아프다는 생각만 드는 순도 100퍼센트의 통증은 실로 오랜만이었다. 그래도 모양새가 험했기 때문에 뒤늦게 부끄러움이 밀려와 조심스레 주위를 둘러보았다. 다행히 아무도 없었다.

또 이런 적도 있다. 그날도 난 길을 잃고서 어딘지도 모르는 곳을 하염없이 걷고 있었다. 그런데 오른발이 지면에 닿을 시간이 된 것 같은데도 이상하게 허공에 떠 있는 듯한 느낌이 순간적으로 확 들었다. 놀라서 아래를 보니 발

밑에 커다란 구덩이가 있었다. 엄마야! 살기 위한 반사적 본능이 튀어나와 몸을 재빨리 뒤로 당겼고, 요란하게 엉덩방아를 찧고 말았다. 우붓이나 인도 같은 곳에는 커다란 하수도 구멍이 뚜껑 없이 그대로 방치되어 있는 경우가 꽤 많다. 하마터면 나는 그날 하수구 물로 먹이라도 감을 뻔했다.

휴대전화를 보고 있던 게 문제였다. 가만히 있는 간판에 머리를 들이박고 하수도 구덩이에 빠질 뻔한 일을 겪은 뒤로는 길을 걸을 때 휴대전화를 만지지 않게 되었다. 결과적으로 그런 사건 덕분에 여행다운 여행을 할 수 있었던 건지도 모른다.

휴대전화를 들여다보지 않으니 평범한 기둥에 숨겨져 있던 작고 섬세한 꽃잎 문양 조각이 그제야 눈에 들어오기 시작했다. 하루에도 수십 번쯤 봐서 흔하게 느껴졌던 사원 기둥 위로 검은색 지붕이 진지하게 얹혀 있었다. 고개를 돌리려는데 뭐가 있는 것 같아서 자세히 보니 지붕 처마 끝 동그란 면에 하얀색 꽃이 그려져 있는 게 아닌가. 오백

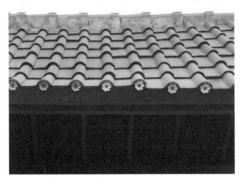

원짜리 동전만 한 흰 꽃잎의 중앙에는 노란 심지까지 그려
져 있었다.

놀라워라. 뭔가 희한한 기분이 들어서 주위를 찬찬히 둘
러보았다. 사원 계단 구석 깊숙한 곳에 마리골드 꽃잎이
화사하게 장식되어 있었다. 잘 보이지도 않는 곳까지 아름
다운 꽃으로 꾸며놓다니, 감동이었다.

우붓에선 뭐든 자세히 봐야 한다. 그래야 숨어 있는 것
들을 발견할 수 있다. 휴대전화 화면에 시선을 고정한 채
바쁘게 걸었다면 그냥 스쳐 갔을 테지만, 자세히 보면 나
도 모르게 미소를 번지게 만드는 것들이 곳곳에 앙증맞게
숨어 있었다.

아무것도 없는 줄 알았던 이끼 긴 벽도 잘 보면 괴상한
표정을 한 시커먼 조각상이 숨어 있어 나를 깜짝 놀라게
했고, 무시무시한 악마 석상 귀에 살포시 꽂혀 있는 히비
스커스 꽃 한 송이를 보면서 빙그레 웃음 짓기도 했다. 나
는 우붓에 있으면서 어디를 가든 무엇을 만나든 자세히 보
는 습관이 생겼다.

가까이 있는 익숙한 것들을 새로운 시각으로 바라보게 된다는 건 축복이다. 그동안 나는 미지의 것, 혹은 내 것이 아닌 대상에만 호기심을 가졌다. 하지만 늘 가까이에 있는 것들도 호기심 많은 어린아이가 보듯이 바라볼 수 있다면 세상은 하나의 거대한 놀이터가 되고 하루하루 일상도 놀이가 될 수 있지 않을까.

우붓엔 보물이 숨겨져 있다. 그렇게 생각하니 어디를 가서 무엇을 보든 보물찾기를 하는 즐거운 아이가 된 듯한 기분을 느낄 수 있었다.

당신은
언제나 옳아요

인도인 강사 푸누는 인자한 미소를 지으며 가까이 오라고 했다. 수업을 듣는 인원은 열다섯 명 남짓의 소규모 그룹이었고 우리는 푸누 앞을 동그랗게 둘러싸고 앉았다. 그는 만트라(mantra, 수행자의 내면을 변화시키는 힘을 가졌다고 믿는 일종의 주문)를 외고 우리에게 그것을 따라 하게 했다. 그러고는 손동작인 무드라(mudra)를 알려주며 각 손가락이 몸과 뇌의 영역과 연결되어 있다고 설명했다(엄지와 중지를 맞붙이고 명상을 하면 효과가 배가된다고 한다). 손가락 하나하나까지 맞춰가면서 알아듣는 게 만만치 않았다. 푸누는 눈을 감고 명상하는 시간에 차크라(chakra, 인간 신체의 여러 곳에 있는 에너지의 중심점)에 대해 설명하면서 명상을 유도

하기도 했는데, 혼자 엉뚱하게 못 알아듣고 눈뜨는 타이밍을 놓치지 않기 위해 그의 말에 열심히 귀 기울였다.

사운드 힐링 명상 시간에는 푸누를 포함한 여섯 명의 사람들이 악기를 들고 나란히 앉았다. 그중에는 긴 금발머리가 아름다운 이십 대 중반의 여성도 있었는데, 그녀는 흔들면 '착착착' 소리가 나는 악기를 가지고 있었다. 푸누가 한 명씩 간단하게 소개를 마치자 사람들은 저마다 눕거나 앉아서 명상 준비를 했다.

연주가 시작되면서 푸누가 구슬프고 낮은 목소리로 노래했다. 만트라 같았다. 이어서 여자가 노래를 불렀는데 그녀의 가녀린 목소리와 푸누의 구슬픈 목소리가 잔잔한 악기 연주와 어우러져 분위기가 평온해졌다.

수업을 마친 후 손톱을 물어뜯으며 세 번 망설이다 푸누에게 다가가 조심스럽게 물었다.

"제가 하고 있는 게 명상이 맞는지 잘 모르겠어요."

그는 내게 조용히 다가와 근엄한 표정으로 말했다.

"아니요. 그렇게 생각하지 마세요. 이게 맞는지, 저게 맞는지 생각할 필요 없습니다."

"하지만……." 내가 우물거렸다.

"당신은 언제나 옳아요." 푸누는 나를 물끄러미 쳐다본 후 가만히 웃었다.

내가 몇 가지를 더 묻자 그는 상체를 내 쪽으로 살짝 숙이며 말했다.

"좋은 신호예요. 당신은 질문할 수 있어요. 당신 내면과 대화를 나눌 수 있습니다."

"네?" 나도 모르게 큰 소리로 물었다.

"머지않아 당신에게 말을 걸어올지도 모릅니다."

그는 상체를 곧게 펴고 미소 지었다.

바쁜 그를 더 이상 잡아둘 수 없어 "네네" 하고 고개를 끄덕였지만, 그때의 나는 그의 말을 이해할 수 없었다.

요가반에서 인요가(Yin yoga) 수업도 들었다. 좌식 생활이 익숙하지 않은 서양인들은 양반다리가 어렵기 때문에 블럭이나 방석 위에 앉아서 요가를 하곤 한다. 그날도 사람들이 블럭, 방석을 가지고 와서 자리에 앉았다. 나는 천

장에 돌아다니는 찌짝을 구경했다.

수업이 시작되었다. 강사님이 옆으로 누워서 블럭을 옆구리에 받치라고 했다. 모두가 블럭을 받치고 모로 누웠다. 나는 블럭이 없었다. 얼굴이 불타올랐다. 수업 전에 강사님이 앞에서 말하는 것을 놓쳤나 보다. 오십 명쯤 되는 사람들이 듣는 오두막 강당에서는 앞에서 하는 말이 맨 뒤까지 잘 들리지 않았다(들었어도 이해하지 못했을 수 있다는 생각도 든다). 요가 동작에 블럭이 필요한 것이었다니. 급한 대로 블럭 대신 가방을 받치고 따라 했다. 괜히 나 혼자 주위 사람들의 시선이 느껴지는 것 같아 부끄러웠다. 영어도 못 알아들으면서 왜 맨 뒷줄에 앉아가지고! 아니야, 못 알아들으니까 맨 뒷줄에 앉은 거지! 내 안에 분열된 두 자아가 서로를 탓하며 싸웠다. 강사님의 '원 투 쓰리' 구호에 맞추어 그대로 밖으로 뛰쳐나가고 싶은 심정이었다.

수업 중간쯤, 블럭 하나를 어깨에 끼고 있던 강사님이 내가 있는 뒤쪽으로 왔다. 용기를 내서 모기만 한 소리로 물었다.

"죄송하지만, 블럭 좀 쓸 수 있을까요?"

그렇게 무사히 그날 수업을 마칠 수 있었지만 생각할수록 부끄러워서 다시는 요가반에 갈 수 없을 것만 같았다. 며칠 후 인요가 수업에서 블럭이 없는 동양인을 보았다. 그녀를 보면서 내가 가진 블럭이라도 주고 싶은 심정이 들었다. 지나고 보면 그때 일들은 웃음이 육성으로 터지는 추억이 되었지만 당시 나로서는 몇 년 치 용기를 다 꺼내 쓰고 있었다.

두 바퀴 돌았으니
이걸로 족합니다

"저…… 오토바이를 빌리고 싶은데요."

게스트하우스 직원인 와얀에게 말했다.

길에서 철퍼덕 쓰러진다 해도 하나도 이상할 게 없을 만큼 날이 더웠다. 그날 오전, 뙤약볕에 흐느적거리며 걸어가는데 오토바이를 타기엔 턱없이 어려 보이는 꼬마가 핸들을 부앙 당기며 내 옆을 지나갔다. 얼핏 보기에 개는 나보다 다리도 짧은 듯했다. 나도 저걸 탈 수 있지 않을까 생각했다.

와얀은 내게 오토바이를 탈 줄 아느냐고 물었다(내가 머무는 곳은 오토바이 대여도 하고 있었다). 나는 못 탄다고 하면 안 빌려줄까 봐 애매한 뉘앙스로 말을 흐렸다. 그래도 전자전거를 아주 잘 타요. 오토바이는 운전해본 적 없어도 자동차 운전은 잘하죠. 그러니 오토바이도 잘 탈 수 있지 않을까요?

게스트하우스 앞에 세워진 오토바이는 모두 배기량이 높고 크기가 컸다. 따로 요청한 것도 아닌데 친절하게도 와얀은 어디서 작은 스쿠터를 구해왔다. 내 키에 꼭 맞는 크림색 도요타였다.

"거리로 나가기 전에 저랑 한번 같이 타보시겠어요?"

와얀은 내가 완전히 초보라는 것을 눈치챈 모양이었다. 내심 겁이 났던 나는 고마웠다. 우리는 스쿠터를 타고 근처 작은 운동장만 한 공터로 갔다.

서른두 살의 와얀은 키가 크고 항상 웃는 얼굴이다. 가족을 중시하는 발리인답게 아들과 딸 사진을 보여주면서 행복한 웃음을 감추지 못하곤 한다. 또 말을 반복해서 하는 습관이 있는데 "돈 워리, 돈 워리" 하거나 "아임 쏘리, 아임 쏘리" 하면서 고개를 끄덕거린다.

"키를 온(on)으로 돌리고 브레이크를 잡고 이렇게 하면 시동이 걸려요. 브레이크를 천천히 놓으면서 앞으로 나가는 거예요." 와얀은 시범을 보이며 차근차근 설명했다. 작은 스쿠터에 앉아서도 내 짧은 다리는 자꾸만 허우적거렸다. 은근히 무게도 엄청났다.

최대한 집중해서 핸들을 당겼다. 나한테만 그렇게 들렸는지 모르겠지만 시동 걸리는 소리가 무슨 폭주 기관차 소리처럼 요란했다. 브레이크를 잡은 손이 덜덜 떨렸다. 이걸 놓쳤다가는 아래턱이 나갈 것만 같았다.

하지만 와얀이 여기까지 와서 가르쳐주는데 그대로 포기할 순 없었다. 브레이크를 살짝 놓았다. 휘청거리며 앞으로 나가려는 순간, 나도 모르게 반사적으로 브레이크를 꽉 잡았다. 그 바람에 스쿠터가 급하게 정지했고 내 몸은 볼품없는 종잇장처럼 흐물거리며 앞으로 튕겼다가 돌아왔다. 와얀이 깜짝 놀라며 달려와 잡아주었다.

그도 내가 이 정도일 줄은 예상하지 못했을 것이다. 오기가 생겨서 다시 브레이크를 놓았다. 이를 꽉 깨물고 두 바퀴나 돌았다. 묘한 쾌감이 들었지만 결코 일정 속도 이상으로 속력을 낼 수 없었다. 아마 시속 30킬로미터 정도 됐을 것이다.

"아…… 재밌네요!"

겨우 두 바퀴 돌고서 마치 생애 모든 소임을 다한 기분으로 억지로 웃어 보였다. 분명 내 안면근육 어딘가가 제멋대로 씰룩거렸을 것이다. "저…… 정말 죄송해요. 저는 아무래도 타지 않는 편이 좋겠어요." 기어드는 목소리로 내가 말했다. "네네, 그게 좋을 것 같군요! 하하하!" 와얀은 내가 말을 끝맺기가 무섭게 격하게 공감하며 답했다. 우리는 게스트하우스로 돌아왔다. 일부러 나를 위해 스쿠터를 구해주고 시간까지 내주었는데 결국 이걸 빌릴 수 없게 되었다. 성급한 판단으로 바쁜 그를 귀찮게 한 것 같아 미안했다.

"저, 죄송해요."

나는 달러 지폐를 내밀었다. 손이 매우 부끄러웠지만 어떻게든 감사의 마음을 전하고 싶었다. "노, 노~" 그가 놀라며 사양의 표시로 두 손을 쫙 펴 밀어내면서 뒷걸음질 치며 웃었다. 나는 이상한 걸음으로 쭈뼛거리면서 따라갔다.

우리나라엔 팁 문화가 없어서 외국에서 누군가에게 팁을 줄 때 항상 뭔가 좀 어색하다. 감사할수록 보답하고 싶을수록 고민이 된다. 이런 상황에서 이 정도 금액은 적을까? 과할까? 팁을 주고 나면 혹시나 돈으로 엮인 사이가 되어버리는 건 아닐까?

발리는 세계적인 휴양지다. 이곳에서 팁은 당연한 문화다. 와얀에게도 팁은 당연할 텐데 그는 한사코 사양하며 웃고는 얼른 돌아서서 가버렸다. 나는 이러지도 저러지도 못한 채 와얀의 뒷모습만 바라보았다. 그리고 그 뒷모습은 내가 발리를 떠나는 날 자꾸만 떠올라서 나를 더 울게 했다.

난 왜 나에게
상처 줬을까

나는 삼세번의 여자다. 웬만해선 참지만 세 번 이상 건들면 꿈틀거린다. 그러니까 오늘 낮에 있던 일이다. ○○와룽(와룽은 '작은 식당'이라는 뜻이다.)의 오픈 시간은 10시 30분이었고 나는 10시 36분경에 그곳에 갔다. 왠지 미안해서 쭈뼛거리며 "2층에 올라가도 될까요?" 하고 물었다.

종업원 입장에서 오픈 시간 맞춰 들어오는 손님이 반가울 리 없다는 걸 나도 알고 있었다. 그래서 눈을 마주치고도 아예 시선을 돌려버리던 그녀들을 이해했다. 하지만 바로 코앞에서 묻는데도 그곳에 있던 종업원 세 명 모두가 대꾸는커녕 쳐다보지도 않았다.

너무 무안해서 얼굴에서 '무안'이라는 글자가 볼록 튀어

나오는 것 같았다. 기약 없는 대답을 기다리며 멀뚱히 서 있기는 더 어색해서 한 번 더 "아, 지금은 식사가 안 되나 봐요?"라고 놀란 체하며 공손하게 물었다. (누군가가 "네. 안 됩니다"라고 대답했다면 "실례했습니다" 하고 나갈 심산이었다.) 마침내 그들 중 시금치 같은 나물을 다듬고 있던 종업원이 "지금은 안 돼요"라고 딱 잘라 말했다. 그러고는 무서운 표정으로 "삼십 분!" 하고 힘주어 말하는 것이었다. 삼십 분이 문제가 아니었다. 그녀의 표정과 말투는 단호한 거부의 의미였다.

기다릴 수 있었다. 나는 이곳에서 시간 부자니까. 이곳에선 기다리는 시간조차도 즐거우니까. 엄연히 말하면 오픈 시간을 지킨 셈인데 아무리 일하기 싫어도 그렇지 왜 화를 내지?

그녀는 방금 나로 인해 자신이 언성을 높인 것 자체가 짜증스러운 듯했다. 표정을 요렇게 조렇게 짓더니 다듬고 있던 나물을 탁 던졌다. 나를 빤히 쳐다보는 다른 종업원들의 눈길이 느껴졌다. 세 번. 삼세번의 종이 울렸다. 나물을 휙 던지는 걸 본 순간, 어찌나 놀라고 당황스러웠던지

나는 발리인에게 한국말을 하고 있었다. "아니, 안 되면 안 된다고 말을"까지 내뱉고 나서 깨달았다. 나는 "말을 하시죠" 하면서 원래 혼잣말을 하려고 했던 것처럼 중얼거리며 그 가게를 나왔다.

발리 사람들의 친절함은 세계적으로 유명하다. 하지만 그날은 어쨌든 이상한 날이었던 것 같다. 만약 한국이었다면 그렇게까지 무안하지 않았을 수도 있다. 외국에서는 철저한 이방인의 입장이 된다. 이것은 꽤 묘한 상황인데 관찰자의 시선으로 멀찍이 떨어져 있는 것이 굉장히 안심이 되면서도 동시에 결코 그들의 세상에 속할 수 없다는 이상한 소외감이 들기도 하기 때문이다.

저녁은 피자 가게에서 피자를 먹었다. 친절은 별거 아닌 것 같지만 사실은 굉장히 고귀한 행위라는 생각이 들었다. 피자를 가져다주는 종업원의 희미한 미소만 보아도 기분이 좋아지는 마법 같은 힘이 있기 때문이다.

대학생 때 호프집에서 아르바이트를 한 적이 있다. 서빙

이란 접시 몇 개 날라주면 되는 것쯤으로 생각했던 스무 살의 나는 호되게 세상을 경험했었다. 어쩌면 그 종업원도 전날 진상 손님이라도 만난 것인지 모른다. 혹시 종업원끼리 싸우고 있었던 건 아닐까? 어쩐지 그녀들 모두 표정이 굳어 있었지. 어느새 나는 시나리오를 쓰고 있었다. 하다 하다 내가 그녀에게 전생 귀퉁이 어디쯤에서 잘못을 한 건 아닐까 하는 생각까지 들었다. 나도 참 나다. 혼자 그렇게 세세하게 상처를 다 받고.

진짜 문제는 이것이다. 왜 그랬을까 생각하다 답을 찾을 수 없을 때, 혹시 원인을 제공한 게 내가 아닐까 생각하는 버릇. 누군가 생각 없이 던진 말과 행동의 원인을 다름 아닌 나 자신에게서 찾으려 곱씹는 것이다. 누군가를 미워하는 일 자체가 힘든 나는 결국 나 자신에게 상처를 준다. 나를 진짜 힘들게 하는 문제는 그런 것이었다.

집에 돌아오는 길에 옆집 마당에서 놀고 있던 꼬마들이 "와" 하고 소리 지르며 나를 따라왔다. 외출할 때마다 종종 만나곤 했던 이웃에 사는 꼬마들이었다. 손짓으로 불러

도 다가오지 않고 멀찍이에서 수줍게 손만 흔들던 꼬마들
이 웬일로 나를 따라와주지? 나는 기쁜 마음이 들어서 방
에서 땅콩을 들고 나와 꼬마들에게 주었다. 줄 게 그것뿐
이라 속상할 정도였다. 내 방 발코니에 앉아 영어를 못하
는 꼬마들과 손짓 발짓으로 몇 살인지 묻고 장난도 쳤다.
꼬마들은 땅콩을 다 먹고는 "땡큐!" 하고 다시 천진난만한
소리를 지르면서 자신들의 집 마당으로 뛰어갔다. 절로 웃
음이 날 만큼 귀여웠다.

나는 수영장에 한참 동안 몸을 담갔다. 앞으로 누군가
나를 불쾌하게 한다면 "네, 그쪽도 행복하세요!" 하고 차
라리 덕담을 해주자는 생각이 들었다.

꼬마들에게 줬던 땅콩이 뭐라고 하루 종일 속상했던 마
음이 녹아버리는 것 같았다. 아무리 사소하더라도 친절은
주는 사람까지 행복하게 하는구나. 문득 전에 내게 모기장
을 빌려줬던 한국인 부부가 떠올랐다. 그분들은 아무 대가
없이 처음 만난 내게 모기장을 빌려주는데도 그렇게나 행
복해 보였지.

두 팔을 한껏 벌려 수영장 난간에 걸치고 물 위에 완전히 누워서 제법 어둑해진 하늘을 오랫동안 바라보았다.

마음까지 씻기니
눈물이 핑

딱 십 분 즐거웠다. 그리고 오르막길을 만났다. 절벽처럼 깎아지른 경사도 아니었건만 나는 정신을 못 차리고 헐떡거렸다. 쥐어짜듯 숨을 몰아쉬다 보니 폐가 목구멍으로 비집고 나올 것만 같았다.

다행히 근처에 작은 오두막이 있었다. 짚으로 촘촘하게 짜놓은 누런색 지붕, 대나무를 2센티미터 두께로 쪼개어 일정 간격으로 차례차례 열 맞추어 깔아놓은 바닥을 튼튼한 각목이 격자무늬로 받치고 있었다. 후들거리는 다리로 걸어가 의지와 상관없이 덜덜 떨리는 손으로 바닥을 짚고 벌렁 자빠지듯 누웠다.

등에 닿은 대나무가 시원했다. 숨이 턱턱 막히게 더운데 대나무 바닥은 어째서 이렇게 시원할까? 그런 생각을 하는 순간, 초특급 울렁거림이 날 덮쳤다. 머리와 배 속에 있는 것들이 약을 올리듯 천천히 돌면서 한데 뒤섞이는 듯했다. 손으로 바닥을 짚고 간신히 앉았지만, 이건 뭐 누워도 앉아도 돌아버릴 노릇이었다.

커피 때문이다. 안 그래도 카페인에 약하면서 점심을 배부르게 먹고 커피까지 들이부었으니. 그러고는 작열하는 태양 아래서 열렬히 자전거 페달을 밟았으니.

웃음이 났다. 세탁기 속에서 빨랫감이 이리저리 너불대듯이 속이 울렁거리는데 나의 입은 헤헤거리며 웃고 있었다. 정신 나간 사람처럼 오두막에 널브러져 킬킬거렸다. 몸이 힘들긴 했어도 정신적인 고통을 느낄 때처럼 이렇게 괴롭다간 죽겠다 싶을 만큼 끔찍한 고통은 아니었다. 행복한가 보다. 너무 행복해서, 이렇게 몸은 고통스러운데도 웃음이 나나 보다.

잠시 후 모든 장기가 제자리를 찾은 듯했고 나는 다시 길을 나섰다. 여전히 뜨거운 태양 아래였지만 이제부턴 내리막길이다. 도로 왼편으로 드디어 그림자가 드리우기 시작했고, 시원한 바람이 불었다. 그제야 내 옆으로 펼쳐진 평화로운 초록빛 논밭과 야자나무가 보였다. 가파른 골짜기도 있었다. 조심해야 한다. 걸을 때처럼 그것에 시선을 빼앗겼다간 곤두박질치며 끝없는 어둠의 심연으로 나뒹굴어 떨어질 것이다.

핸들을 잡은 양손에 힘을 주고 천천히 내려갔다. 3만 5000루피에 빌린 자전거는 브레이크가 잘 듣지 않았다. 가파른 내리막에 바퀴는 점점 빠르게 돌았고 가속도까지 붙었다. 뻑뻑한 브레이크를 쥔 손이 아파왔다. 순간 자전거 페달이 겉돌기 시작하면서 중심이 흐트러졌다. 덜컥 겁이 나서 브레이크를 꽉 잡고 멈추어 서서 한동안 우두커니 서 있었다.

갑자기 엄청나게 시원한 바람이 불었다. 바람은 땀에 젖은 이마와 콧구멍, 등줄기, 접힌 무릎, 머리카락을 구석구석 휘감으며 속삭였다. 바람을 느껴보라고. 바람을 느낄 수 있는 기회는 지금 이 순간뿐이라고. 작열하는 태양빛에 달구어진 내 몸의 열기는 그 바람을 간절히 바랐다.

나는 브레이크를 놓아버렸다. 자전거 바퀴가 미끄러지듯 내달렸다. 쏟아지는 바람에 귀가 웅웅거렸다. 겁먹었던 나는 바람결에 휩쓸려가고 없었다. 내친김에 다른 한 손마저 놓고 인사할 사람도 없는데 막 손을 흔들어 허공에 인사했다. 아무도 없었고, 내리막이었고, 바람은 시원했다. 엄청난 속도에 내 안의 아드레날린이 최고점을 찍고 폭발했다. 몸속 세포 하나하나가 '솨아' 하는 소리를 내며 사이다 기포처럼 터질 것만 같았다.

자유다. 갑자기 웃음이 터졌다. 바람은 순식간에 그동안 나를 괴롭혔던 내 안의 나쁜 것과 아픈 것을 날려버렸다.

이토록 쉬운 거였는데. 그리 멀리 있는 것이 아니었는데. 나는 왜 그렇게 나를 힘들게 했을까? 나는 몇 달 전까지만 해도 불가능하다고 여겨왔던 일들을 하고 있었고, 그것은 내 생각보다 더 아름답게, 더 벅차게 펼쳐지고 있었다. 기약도 없이 조금만 더 참자고 텅 빈 눈으로 말하던 내가 떠올랐다. 눈물이 핑 돌았다.

자전거를 세우고 숨을 몰아쉬었다. 몇 발자국 떨어진

곳에 검게 그을린 할머니 세 분이 바닥에 앉아 바나나 잎으로 바구니를 만들고 있었다. 나는 숨을 헐떡거리며 "헬로!" 하고 인사했다. 그들은 함박웃음을 지으며 "에옹"이나 "호잉" 같은 말을 했다. 틀린 영어로 건네는 그들의 따뜻한 인사가 바람결에 실려왔다.

바로 그거야,
인생을 소풍처럼

나는 모든 환상을 사랑한다. 확실히 나는 발리에 환상을 가지고 있었다. 나를 어디론가 데려가줄 것 같고, 지금까지와는 다른 내가 되게 해줄 것 같은 환상. 동화 속 어린아이처럼 유치함도 부끄러움도 모른 채 분홍빛 풍선껌처럼 퓨우우웅 부풀어가는 환상이 이루어지길 전심을 다해 바란다.

아름다운 인생 앞에 나는 서 있다. 호기심에 가득 찬 눈으로 가만히 들여다보다 문턱에 한 발을 내딛고는 나머지 한 발마저 옮길지 뒷걸음질 칠지 재보고 있는 어린아이처럼. 하지만 어린아이는 어른이 되어야만 한다.

놀이처럼, 여행처럼 살 수만 있다면 좋겠다. 안다. 여행은 그냥 여행이다. 그러나 '뭐, 불가능할 건 없지' 하는 생각이 슬그머니 들기도 한다. 문득 내 이름을 떠올리게 된다.

내 이름은 김유래. 초등학교 2학년 때 선생님이 자기 이름의 한자 뜻을 알아 오라고 하셨다. 할아버지께 조심스럽게 여쭤보았더니 "놀 유, 올 래다!" 딱 그렇게만 말씀하셨다. '올 래'는 머릿속에서 힘없이 너울댔지만 나쁘진 않다는 생각이 들었다. 그런데 '놀 유'가 뭐지?

다음 날 수업 시간에 나는 '놀 유'가 '논다'는 뜻이라는 걸 알게 되었다.(나는 부디 '노을 유'이길 바랐었다.) 내 발표를 듣자 아이들은 킥킥거렸고 선생님은 선생님대로 당황한 표정이었다. '유'는 좋은 뜻의 한자가 없나 보다. 어린 나는 그렇게 생각하며 터져 나오는 울음을 집어삼켰다.

천만에. '넉넉할 유, 깨우칠 유, 부드러울 유, 아름다울 옥 유……' 좋은 의미의 한자는 얼마든지 많았다. 할아버지가 그걸 모르셨을 리 없다. 나중에 내 이름의 '놀 유'가 유흥업소의 '유' 자란 걸 알았을 때 받은 충격은 굳이 말하지 않기로 한다. 마음 아프니까.

이름은 그 사람과 평생 함께하는 것이다. 남들은 돈을 주고 짓기도 한다지만 그런 건 바라지도 않았다. 내 이름은 어린 내가 봐도 '놀다 온다'는 뜻으로 바로 해석되었다. 그리고 자꾸만 유흥업소가 연상되어서 수치심마저 들기도 했다. 이름 생각만 하면 별것 아닌 것 같으면서도 또 한편으로는 생각하면 할수록 서글펐다.

나는 딸 셋, 아들 하나 중 셋째 딸이고 남동생과는 딱 한 살 차이다. 할아버지, 할머니는 내 동생을 끔찍이 사랑하셨고 나를 미워하셨다. 어린 시절 나는 미움받는 아이답게 내성적이고 겁이 많았다. 무뚝뚝했던 아빠와 정신력만은 강했던 엄마는 나를 안쓰럽게 여기셨다. 유난히 작게 태어난 나는 잔병치레가 많았다. '둥글게 둥글게'만 하고 놀아도 팔이 빠졌던 내가 영문도 모른 채 할머니에게 혼나고 있으면 엄마 아빠는 나를 감싸고돌았고 그때마다 어린 내가 감당할 수 없는 싸움이 일어났다. 나는 집안의 분란을 일으키는 존재였다.

나는 내 동생을 좋아했다. 할머니와 할아버지가 지독하

게도 차별했기에 어린 마음에 한두 번쯤 동생을 사무치게 미워한 적도 있을 듯하지만 아무리 생각해봐도 그런 기억은 없다. 당연한 말이지만 나는 내 동생을 사랑했다. 아주 어린아이였을 때부터 나는 이미 그 사실을 알았다.

동생은 중학생이 되면서 군대를 전역할 때까지 오래도록 입을 꾹 다물었는데 나와 자매들은 그때를 동생의 '암울기'라고 부른다. 나는 나대로 질풍노도에 휩쓸려 딴사람이 되었고 나름대로 조심하면서도 친구들과 어울려 대책 없이 막 나가던 그런 때였다. 당시엔 내가 일부러 열 번쯤 장난치며 말을 걸면 동생은 귀찮은 듯이 겨우 한 번 "어" 하고 대꾸할 뿐이었다. 하루는 그런 무뚝뚝이 중에서도 상무뚝뚝이가 웬일로 내게 말을 걸었다.

"누나야."
"왜에?"
내가 장난치듯 대답했다.
동생은 책상에 앉아 있는 나를 힐끗 쳐다보고 퉁명한 목소리로 중얼거리듯 말했다.

"그…… 누나야 이름 안 있나 그거…… 좋은 뜻이데이."

나는 미간을 찌푸렸다.

"암튼! 놀다 온다는 거 아이가, 인생을. 그거 안 있나. 그 뭐고…… 소풍 아이가."

나는 동생을 쳐다봤고 동생은 내 시선을 피하며 귀찮다는 듯이 발로 문지방을 툭툭 쳤다. "그냥…… 뭐. 그렇다고."

그러고는 183센티미터 키에 걸맞은 긴 다리로 재빨리 미닫이 방문을 닫고 나갔다. 나는 주먹만 한 복숭아씨가 목구멍에 걸린 것 같았다.

동생은 내게 그 말을 해주기 위해 몇 번이나 내 이름을 생각했을까? 슬펐던 아이와 옆에 서서 어쩌지 못하고 바라만 볼 수밖에 없던 어린아이 사이에는 말로 다 할 수 없는, 가슴 아픈 어떤 것이 존재하고 있었다. 어릴 때부터 나를 지켜봐온 동생은 나보다 더 아팠을 것이다. 어쩌면 자신 때문이라고 생각했을지도 모른다. 지금도 나는 그 얘기가 나오면 볼썽사나운 모습으로 펑펑 울곤 한다. 아직도 내 이름이 상처로 남아 있어서가 아니라 그때 그 말을 하던 동생의 얼굴이 떠오르기 때문이다.

그때부터 내게 '소풍'은 특별하고 소중한 단어가 되었고 그렇게 나는 내 이름을 사랑할 수 있게 되었다. 정말이지 노동하지 않고 놀다 오는 게 얼마나 다행인가? 천상병 시인의 〈귀천〉이라는 시를 좋아한다. 내 동생이 내게 해준 말과 닮아 있기 때문이다.

나는 할아버지께 여쭤보기가 무서웠고 끝끝내, 아직까지도 내 이름의 속뜻은 모른다. 할아버지는 내가 중학교 2학년 때 돌아가셨기 때문에 이제는 영영 알 수 없게 되었다. 하지만 모든 것은 해피엔딩이다. 오래 걸리긴 했지만 내가 성인이 된 후부터 할머니는 내게도 당신의 마음을 조금씩 표현해주기 시작하셨고, 전부 헤아릴 순 없지만 나도 할머니의 마음을 조금은 이해할 수 있게 되었다. 어쨌든 나는 내 동생이 말해준 뜻이 굉장히 마음에 들어서 그것이 진짜 내 이름의 뜻이라고 생각한다. 그래서 '여행하듯이 하루하루 즐겁게 살면 안 될까?'라고 생각했을 때, 내 이름이 그 생각을 묘하게 떠받드는 것을 보고는 놀랐던 것이다.

놀다가 오는 것이다.

놀다가 본래 속했던 곳으로 돌아가면, 그곳 기준으로는 '오는' 것이다. 이름대로 한번 살아볼까 하는 생각이 들었다. 그게 꼭 이상한 생각만은 아니지 않을까?

나는 내 앞에 놓여 있던 아보카도 주스를 물끄러미 바라보았다. 크림과 섞여 밝은 그린 빛이 된 아보카도 주스를 담은 도톰한 유리잔에는 수많은 물방울이 맺혀 있었다. 가장 큰 물방울이 무게를 견디지 못해 유리잔을 타고 쪼옥 흘러내렸다. 너무 힘들지 않고 아프지 않게, 어린아이처럼, 천상병의 시처럼, 내 동생 말처럼 한바탕 크게 놀이판을 벌이고 본래 속한 곳으로 돌아가고 싶다는 또 하나의 환상이 아름다운 빛으로 봉긋 피어올랐다.

또 만나요,
푸남

"원한다면 당신도 방석을 더 가지고 오세요."

마지막 날 명상 수업에서 그녀는 내 옆자리에 앉아 그렇게 말했다. 나는 그녀를 바라보았다. 우는 것도 아닌데 유달리 반짝거리는 눈과 구릿빛 피부를 가진 그녀가 미소 지었다. 입 꼬리가 길게 곡선을 그리는 아름다운 미소였다. 전에 만트라 명상 수업에서도 만났고 길에서도 마주친 적이 있는 여자였다.

"안녕하세요? 굉장한 날씨네요! 오늘은 수업을 듣지 않나요?"

그녀의 하얀 블라우스가 햇살에 반짝거렸다. 그때 나는 왜 좀 더 용기 내지 못 했을까? 마지막 날 많고 많던 자리

중 그녀가 내 옆에 앉아 말을 걸어오는 게 특별하게 느껴졌다.

"영국에서 왔어요. 푸남이라고 해요."

그녀는 인도계 영국인이었는데 유달리 정확한 영국식 발음으로 악기를 연주하듯이 말했다. 나는 그녀의 목소리가, 미소가 아름답다고 생각했다.

"마치 새로운 사람이 된 것 같아요. 거울을 보고는 깜짝 놀랐어요. 내 얼굴을 되찾은 것 같았거든요. 오, 그래. 내 얼굴이 이렇게 생겼었지. 영국에선 지금 이 얼굴이 아니었어요. 완벽하게 아니었죠. 스트레스가 심했고 항상 화가 나 있었어요. 하지만 이곳은 모든 게 영적이고 아름다워요. 그렇지 않나요?"

나는 그녀의 말을 누구보다도 잘 이해할 수 있었다. 그것은 내 이야기이기도 했으니까.

왠지 끌리는 사람이 있다. 이야기를 나누면 나눌수록 통한다는 느낌이 드는 사람이 있다. 그녀가 내게 그랬다. 좀 더 대화하고 싶은 마음이 들었는데 수업이 막 시작되는 게 유감스럽기까지 했다. 하지만 마지막 수업이라는 생각에 최대한 경건한 마음으로 명상을 시작했다. 모든 것은 또다시 침묵 속으로 빨려 들어갔다.

수업 종료 십 분 전, 나는 명상을 마치고 눈을 떴다. 그녀는 아직 눈을 감고 있었고 완벽한 가부좌를 틀고 앉아 있었다. 실례인 줄 알면서도 호기심에 그녀를 가만히 바라보았다. 그녀는 평화로운 미소를 지으며 눈물을 흘리고 있었다. 감은 눈가에서 굵은 눈물방울이 소리 없이 뚝뚝 떨어졌다. 끊임없이 흐르는 눈물에 가슴팍이 젖을 때쯤 그녀는 눈을 감은 채 뺨을 닦았다. 눈물은 금세 흘러 넘쳐 다시 닦으면 또다시 흘러내렸다. 눈을 뗄 수 없는 광경이었다. 그녀의 모습은 나의 마음을 천천히 죄이듯 안타깝게 했지만 동시에 알 수 없는 아름다운 기분으로 넘실거리게 했다. 내가 뚫어질 듯 바라보는 걸 그녀가 알아챌까 봐 더 이상 시선을 주지 않기 위해 애써야만 했다.

"괜찮아요?"
수업이 종료되고 그녀와 눈이 마주쳤을 때 나는 어쩔 줄 몰라 하며 그 말만 겨우 건넸다. 왜 눈물을 흘린 것인지 궁금했지만 그녀는 괜찮다는 말만 하고 활짝 웃었다. 더 이상 무슨 말을 해야 할지 몰라서 나는 급하게 요가매트와 방석을 제자리에 갖다 놓는 체하며 자리를 피했다. 이제 헤어져야 한다. 만나자마자 이별이라니, 무척 섭섭했다.

가방을 가지러 다시 자리로 돌아가서 작별 인사를 하려는데 그녀가 밝은 목소리로 말했다. "왠지 당신이 옆에 있어서 명상이 잘된 것 같아요. 당신의 따뜻한 기운이 내게 전해졌나 봐요."

그녀가 잠시 말을 쉬고 나를 보고 웃었다. 나는 '당신이야말로 따뜻한 미소를 가졌네요'라고 말하고 싶었다.

"무슨 생각을 한 줄 알아요? 나는 생각했어요. 오! 우린 함께 점심을 먹어야만 해!"

그녀는 검지를 허공에 짧게 긋고는 싱긋 웃었다.

"며칠 전 예쁘고 맛있는 인도식 레스토랑을 발견했거든요. 거기서 나와 함께 점심 먹지 않을래요?"

아, 그때 나는 왜 그런 생각을 먼저 하지 못했을까?

나는 굉장히 기뻐서 당장에 그녀를 따라 나서며 속으로

'이상하다. 이런 일은 잘 없는 일인 것 같은데' 생각하고는 그녀와의 인연이 특별한 것이 틀림없다고 확신했다.

　　그녀는 심리치료사라고 했다. 어쩐지 그녀의 말투가 이해가 되었다. 우리는 영국, 인도, 한국, 우붓 그리고 명상에서부터 사적인 이야기까지 오랫동안 대화를 나눴다. 낯을 가리는 내가 그녀와 그렇게 끊임없이 얘기하는 게 놀라울 정도였다.

　　"좀 더 일찍 만났어야 했어요. 그랬다면 저녁에 함께 나가서 좋은 시간을 보냈을 텐데요. 밤에는 한 번도 밖에 나가보지 못했거든요!"

　　그녀는 탈리(thali)에 담긴 난을 콩수프인 달(dhal)에 찍으며 말했다. 딱 내가 하고 싶은 말이었다. 저녁 6시 이후로는 밖을 나가지 않았기 때문에 놓친 것이 너무 많았다. 첫 우붓 여행에선 공연 관람도 우붓 달빛 아래서 산책하는 것도 해보지 못했다. 우리는 "좀 더 일찍 만났으면 좋았을 텐데요"라는 말을 몇 번이고 반복했다. "다음번에 이곳에 올 땐, 우리 꼭 만나요. 그리고 저녁에 케착 댄스도 보자고요!" 그녀는 내 눈을 바라보고 말했다.

알고 보니 그녀와 나는 2분 거리에 머물고 있었다. 그녀를 알게 된 건 행운이었지만 하필이면 이렇게 마지막 날에 만나게 되다니. 그 아쉬움만큼 이 인연이 특별하게 자리 잡을 거라는 걸 느낄 수 있었다. 그녀는 내가 숙소로 들어갈 때까지 웃으며 손을 흔들어주었다.

그녀와 나는 지금도 메일과 메신저로 연락하고 있다. 그녀는 브렉시트(Brexit, 영국의 유럽연합 탈퇴) 관련 뉴스 영상을 보내줬고 나는 리폼한 냉장고 사진을 보여주며 자랑했다. 우리는 책 이야기를 하고 명상 정보를 주고받고 우붓을 추억한다. 그녀는 미얀마로 여행을 떠날 거라고 했다. 석 달 후, 그녀가 미얀마로 갔을 때 공교롭게도 나는 예정에 없던 두 번째 우붓 여행을 떠나는 바람에 재회는 이루어지지 못했다.

"처음이에요. 길 가다 멈추고 어디든 바라보면 너무 아름다워서 눈물이 날 것만 같아요. 영국으로 돌아가면 이곳에서 살 수 있는 방법을 찾아보려고 해요. 우붓에서 살고 싶어졌거든요."

그녀는 그렇게 말했었다. 나는 언젠가 우리가 우붓에서 다시 만나게 될 것을 믿는다. 우리는 예쁜 인도식 레스토랑에서 다시 한 번 점심을 먹을 것이다. 저녁이면 탁 트인 카페에서 우붓의 향기를 맡으며 행복해할 것이다. 함께 명상을 할 것이고 두 눈을 감은 그녀의 평화로운 미소를 다시 보게 되리라.

우쿨렐레는
잃어버렸지만

이별은 어렵다. 그래서 모기장을 맡기고 왔다. 한국 가격의 두 배를 주고 산 아름답고 자랑스러운 메이드 인 코리아 원터치 모기장. 다시 올 때까지 잘 맡아달라고 와얀에게 부탁하니 그가 활짝 웃으며 그러겠다고 했다. 그러니까 어쨌든 우붓을 다시 찾아야만 하는 이유가 하나 더 생긴 셈이다. 혹시 다시는 그곳에 가지 못한다 해도 누군가가 그 모기장을 보면서 나를 기억해주지 않을까 하는 마음도 있었다.

왜 자꾸 눈물이 났는지 모르겠다. 차를 세우고 괜찮냐고 묻는 택시 기사님에게 "괜찮아요. 계속 가주세요"라고 했지만 나도 알아들을 수 없는 소리가 나와서 손짓으로 말했다. 공항에서 비행기를 기다리는 내내 정신 나간 여자처럼 울었다. 발리로 신혼여행 와서 부부 싸움을 하고 우는 여자처럼 보였을 거다.

우붓을 떠나기 전 마지막 날 우쿨렐레를 샀다. 한국으로 오는 내내 꼭 붙잡고 있었는데 집까지 다 와서는 가족과 인사하느라 택시 뒷좌석에 그걸 두고 내리고 말았다. 일부러 아침 일찍 일어나 한 시간 동안 우붓 시장을 돌아다녀서 구입한 우쿨렐레였다. 파란 하늘, 해변, 하얀 파도, 야자수, 자동차가 그려진 게 내가 페인팅 수업 때 그렸던 그림과 닮아 있어 우습게도 이건 운명이야, 생각했었다. 'Bali'라고 크게 적힌 것도 맘에 들었던 나의 빨간색 우쿨렐레.

그 우쿨렐레를 잃어버리고 만 것이다. 그걸 알아차렸을 때, 그러니까 샤워를 하고 있었을 때, 나는 아무 옷이나 걸쳐 입고 택시를 내렸던 곳으로 달려 나갔다. 택시는 이미 한참 전에 떠났다는 걸 알면서도 한참을 "아저씨! 아저씨!" 소리를 질렀다. 허망한 심정으로 멍하니 서 있다 끝내 울음이 터졌다. 옷소매와 머리에서 물이 뚝뚝 흘렀다.

우쿨렐레를 잃어버린 일이 우붓에서의 소중한 순간과 생각들도 전부 사라져버리고 말 거라는 걸 암시하는 게 아닐까 하는 불길한 생각이 들기도 했다. 택시 회사에 전화를 하고 분실물 센터에 글도 올렸지만 헛수고였다.

이틀 후, 페이스북 메신저에 메시지가 와 있었다. 와얀이었다. 방값을 지불하고 와얀이 거스름돈을 주지 못한 적이 있다. 난 그걸 잊고 있었는데 그가 자기 허리에 찬 까만 전대에서 몇천 원에 해당하는 잔돈을 꺼냈다. 정확한 금액의 잔돈에는 클립이 끼워져 있었고 내 이름이 적힌 포스트잇이 붙어 있었다. 나를 만나면 주려고 거스름돈을 클립으로 끼워 포스트잇을 붙이고 이름까지 적어뒀던 와얀. 스쿠터 타는 법을 가르쳐주고 한사코 팁을 사양하던 와얀. 그가 메시지를 보낸 것이다. 메시지를 읽고 안 우는 척하면서 지겹도록 또 울고 있는 나를 보고 언니가 말했다.

"너 요즘 정말 큰일이다. 어쩌려고 그렇게 자꾸 우는 거니?"

우쿨렐레는 잃어버렸지만 우붓이 만들어준 인연과 기억

은 남아 있었다. 모든 것이 아름다운 꿈결처럼 느껴졌다. 뜨거운 태양 아래 한줌 바람도 그토록 충만할 수 있음을 잊지 않을 것이다. 그로 인해 지금 이 순간이 아름답다는 것도. 자연스럽게 명상하듯 느껴지던 그 모든 순간에 감사한다.

슬퍼하지 말자. 오지 않은 날은 얼마나 더 아름다울까 나를 위로하자. 눈물겹도록 아름다운 날들은 떠나지 않을 것이고 나와 함께해줄 것이다. 기꺼이.

안녕하세요, 김유래 씨. 잘 지냈나요?

비행은 편안했습니까? 혹시 벌써 집에 도착했나요?

저 기억하시죠? ○○○의 프런트 스태프 와얀입니다.

오늘은 우리가 당신에게 아침 식사를 드리지 않은 첫 번째 날입니다. 저는 여전히 당신의 모기장을 가지고 있습니다. 그러니다시 발리로 돌아온다면 변함없이 모기장을 사용할 수 있습니다. 하하하.

당신이 언제나 행복하고 건강하기를 바랍니다.

Part 2

다시 안 왔으면
어쩔 뻔했어

돌아오고야
말았다

여섯 달이 흘렀다. 드디어 다시 우붓으로 떠나기로 했다. 금전적으로나 현실적으로 '내가 지금 우붓에 갈 때는 아닌데' 하면서도 또 한 달 동안 우붓에서 지낼 준비를 하고 있으니 이게 대체 무슨 일인지. "나도 가고 싶다!" 언니가 말했다. 그렇게 해서 두 번째 우붓 여행은 언니와 함께하게 됐다.

또 설렌다.

또 걱정스럽다.

또 살짝 두렵다.

나는 무엇에 꽂히면 그걸 계속 파는 징한 구석이 있다.

가성비 좋은 횟집 근처에서 살았던 이 년 동안은 일주일에 한 번씩 그 집 회를 먹었다. 한 노래만 하루 종일, 한 달 정도 듣는 것쯤은 별일도 아니다. 헤아려보진 않았지만 〈반지의 제왕〉, 〈해리 포터〉, 〈하울의 움직이는 성〉은 열 번은 족히 봤고 〈아바타〉는 스무 번도 넘게 봤다. 그러니 이번 한 달도 전에 머물렀던 그 게스트하우스로 가는 게 당연했다.

그런데 그곳에 가까워질수록 내심 걱정이 됐다. 6개월이나 지났는데 그들이 나를 기억할까? 그렇게 마르고 닳도록 우붓 얘기를 했는데 막상 아무도 나를 기억조차 못 한다면 언니 앞에서 매우 민망할 것 같았다. 하지만 아무래도 좋았다. 나는 우붓으로 가고 있었다.

벅찬 가슴으로 게스트하우스에 들어섰다. 정원의 꽃과 나무, 수영장이 변함없이 그대로였다. "유래!" 누군가가 내 이름을 불러서 고개를 돌렸다. 크툿이었다. 한 팔에 흰 수건을 걸고 나를 향해 활짝 웃고 있었다. 다가가서 반갑게 인사했다. 하지만 속으로는 무척 놀랐는데 큰 소리로 내 이름을 부르고 세상 환하게 미소 짓고 있는 사람이 다름 아닌 크룻이었기 때문이다.

크룻은 정말 무뚝뚝했다. 지난번에 우붓에서 지내는 동
안엔 서로 낯을 가리다 마지막 날이 되어서야 우붓 이야기
몇 가지를 한 것 빼고는 함께 대화해본 적이 거의 없었다.
그런데 그런 그가 저렇게 진심에서 우러나온 반가운 목소
리로 내 이름을 부르며 미소 짓고 있었다.

"룸 네임에 당신 이름이 있어서 놀랐어요! 당신이 도대
체 언제 올까 하고 아침부터 기다렸어요!"

내 이름까지 기억하고 있었단 말인가? 감격스러웠다.
잠시 후 와얀, 마데와도 인사했다. 우붓으로 돌아온 게 실
감 났다.

"왜 저한테 미리 얘기해주지 않았나요?"

와얀이 체크인을 하면서 사뭇 진지한 얼굴로 물었다.

"아…… 갑자기 오게 되었거든요. 메신저를 할 수가 없
었어요."

갑자기 오게 된 것은 사실이지만 와얀 입장에선 업무적
으로 느낄 것 같기에 일부러 연락하지 않았다.

"저에게 연락해줬다면 어떻게든 조치를 취했을 텐데, 한 달 중에 3일은 빈방이 없어요……."

와얀은 근심 가득한 얼굴로 말했다.

"네, 이미 알고 있어요. 괜찮아요." 내가 웃었다.

"다른 숙소로 갈 때 제가 데려다줄게요. 당신은 특별한 고객이니까요. 하하하! 그리고 아시겠지만 한 달을 묵어도 이 정도까지 할인을 해드리진 않아요. 보스 입장에선 지금이 성수기라서 정상 가격으로도 빈방이 없거든요. 하지만 당신은 특별한 고객이니까요. 하하하!"

그는 내게 특별한 고객이라는 말을 다섯 번쯤 했다.

"고마워요. 하지만 특별한 고객보다는 친구가 좋겠어요!" 내가 웃으며 말하자 "오! 당연하죠. 당연해요. 친구, 친구. 하하하!" 하고 와얀은 또 몇 번이고 말을 반복하며 고개를 끄덕였다.

나를 반겨주는
참푸한

안녕, 쿠에! 빛바랜 파랑 노랑 보라 베이지색 쿠션들아, 오랜만이야! 연둣빛 잎 붉은 꽃들도 잘 있었니?

여행지에서 새로운 걸 보는 일도 즐겁지만 예전에 보았던 것을 다시 만나볼 때의 반가움도 꽤 크다. 정말 더운 날 땀 흘리며 이 카페에 왔을 때 '뭐야, 에어컨도 없어?' 하고 분통을 터트렸었다. 그러다 주문한 밀크셰이크를 마시는데 이내 시원한 바람이 불어와 진심으로 기뻐했던 기억이 있다. 그런 예상치 못한 기쁨은 더울 때 바로 에어컨이 있는 곳에 들어가서 시원함을 재촉하며 느끼는 기쁨과는 비교할 수 없다.

반갑다, 참푸한!

친근한 그 길에 발을 내딛는데 '안녕!' 하면서 날 반기는 것만 같아 눈물이 날 뻔했다. 한국에서 우붓을 떠올릴 때마다 머릿속에서 영상으로 펼쳐지던 장소가 바로 참푸한●이었다.

"아이 러브 유어 티셔츠!"

언덕 중반에 서 있던 이십 대 여성들 중 한 명이 내게 말했다. 갑작스러워서 놀라긴 했지만 "나도 당신 것이 좋아요"라고 대답해줬다. 이곳을 걷는 사람들은 모두 밝은 얼굴이다. 저 여자도 이곳에 온 게 행복해서 모든 것들이 아름답게 보이나 보다.

나를 반겨주는 나무 그늘 밑에 앉아 있노라면 마치 내게로 밀려오듯 다가오는 풍경들이 비현실적으로 아름답다.

뽀얀 구름도 그냥 뽀얀 게 아니라 더 할 수 없이 뽀오얗

● 참푸한 릿지 워크(Campuhan Ridge Walk)는 우붓 왕궁에서 카르사 카페(Karsa Kafe)까지 사십 분 정도 소요되는 산책길로, 라이스필드와 열대림의 아름다운 풍경을 즐길 수 있고 경사도 완만하다. 그늘이 거의 없기 때문에 햇살이 뜨거운 한낮보다는 아침 산책을 추천한다. 그렇다고 너무 이른 새벽에 가면 모기떼의 공격을 받을 수 있다.

고 덜 뽀얗고 또 어둡게 뽀얗다. 하늘도 파란 빛깔이고 부드러운 하늘빛이고 하얀빛이다. 구름은 내 마음을 따라 이리도 움직이고 저리도 움직인다. 눈앞에 펼쳐진 무성한 풀이 바람에 춤추고, 짙푸른 산은 손 뻗으면 닿을 듯 선명하다. 야자수가 온 산에 빽빽하게 들어서 있고 그 사이로 이름 모를 거대한 나무들이 온통 초록빛 물결로 일렁이며 내 시야를 가득 채운다.

나무도 빛과 만나 아주 초록이고, 빛과 만나지 못해 덜 초록이고, 아주 만나지 못해 검은 그림자로 보인다. 같은 나무인데도 빛과 만난 쪽은 밝고 빛과 함께하지 못한 쪽은 어둡다. 어두운 곳은 내 눈에만 그렇게 보이는 것일 뿐 거기에도 많은 것들이 존재하고 있다.

얼굴까지 온통 땀이 나 이어폰 줄이 못 견디게 거치적거렸다. 사람이 없길래 이어폰을 뽑았다. DJ 오카와리의 〈플라워 댄스〉가 흘러나왔다. 혼자 하는 여행에서 음악은 중요하다. 물론 고요함 속에서 주변 소리에 귀 기울여야 할 때도 있지만 말이다. 잠시 후 "오!" 하는 나지막한 소리가

들려서 뒤돌아보니 한 여자가 가슴에 손을 올리고 금방이라도 울 것 같은 표정으로 나를 바라보고 있었다. 꽃별의 해금 연주곡 〈비익련리〉가 흘러나오고 있었다.

뒤따라오던 다른 관광객들이 말했다.

"소 뷰티풀!"

참푸한을 걷는 사람들은 모든 것을 아름답게 받아들이고 느낄 준비가 돼 있는 게 틀림없어. 카페에 앉아 연둣빛 코코넛을 가슴에 끌어안고 마시면서 생각했다. 달콤한 행복감이 내 몸속으로 부드럽게 흘러들었다.

그래요, 나도
그 아침을 알아요

마데는 발리 전통주 아락(arak)을 마시고 있었다. 짙은 눈썹, 동그란 눈, 툭하면 발리식 억양으로 "에?" 하며 놀란 척하는 모습이 무척 귀엽다. 조식으로 나시고렝을 주문하면 접시 위에 빨간색 삼발 소스로 꽃을 그려주는데, 마데가 만든 꽃 모양이 가장 예쁘다. 내 방에 있던 찌짝은 유달리 마데가 많이 잡아줬다(도움을 구하러 가면 항상 마데가 있었다). 하루는 방 안에 예쁜 꽃이 담긴 꽃병이 있어 물어보니 마데가 놓아둔 것이었다. 마데처럼 이렇게 우붓 남자들이 낭만적인 구석이 있나?

마데 옆에는 2분 거리를 갈 때도 오토바이를 타는 뇨만이 있었다. 그는 곧 일을 그만두고 배 만드는 기술을 배우

러 대학에 갈 거라고 얘기했다. 큰 눈을 부릅뜨면서 말을 하니 비장해 보이기까지 했다.

멀찍이 떨어진 곳에 크툿이 앉아 있었다.

"술을 마시고 싶지 않아서요."

혼자 뭐 하느냐고 물으니 크툿이 대답했다. "예전에 많이 마셔봤어요"라고 그가 장난스럽게 웃으며 덧붙였다. 갸름한 얼굴, 커피색 피부. 냉정하게 말해 잘생긴 건 아니지만 그렇다고 잘생기지 않았다고 말하기도 어려운 얼굴이다. 스물여섯 살의 말이 없는 크툿은 언제나 대답하기 전에 눈을 아래로 내리고 잠시 생각에 빠진다. 처음 봤을 땐 뭐랄까…… 참 우울한 상이라고 생각했지만 가만 보니 슬픈 거였다. 어딘가 상처받은 듯한, 모성 본능을 자극하는 우수에 젖은 눈 따위 잘은 모르긴 하지만 아무튼 그는 좀 슬픈 눈빛을 가졌다.

"당신은 너무 조용했어요. 전에 이곳에 왔을 때 한 달 동안 한마디도 하지 않았잖아요. 그렇게 조용한 손님은 처음 봤어요."

별로 재미있는 얘기가 아닌데도 크툿은 쿡쿡거리며 웃었다. 내가 누군가를 처음 만날 때 본심과는 달리 낯을 가리기는 해도, 크툿에게까지 그런 말을 들을 줄은 몰랐다. 그런데 한 달 가까이 입 꾹 다물고 있던 내가 그렇게나 인상적이었는지 다음 날도 또 그다음 날도 그 말을 몇 번이나 했다. 내가 "그쪽도 만만치 않거든요"라고 응수하면서 우리는 상대방이 더 말수가 적다고 서로 주장하기 시작했는데, 내가 낯을 가린다는 건 인정하지만 그래도 당신보다는 덜하다는 식이었다. 이렇게 다시 만나고 나서야 크툿과 나는 말문이 트였다.

나는 발리에 카스트제도가 있는지 몰랐다. 그래서 내가 발리어를 배우고 싶다고 말했을 때, 크툿이 발리어는 계급마다 언어가 달라 배우기 어려울 거라고 해서 적잖이 놀랐다. 평화롭게만 보이는 발리에 카스트제도라니? 발리는 인도처럼 엄격하진 않지만 힌두교의 영향으로 카스트제도가 엄연히 존재하고 있었다.

"정말 이해하기 어렵네요!" 내가 너무 답답하다는 듯이 말해도 크툿은 그저 웃기만 할 뿐이었다.

발리 주민 90퍼센트 이상이 수드라, 평민계급이라고 한다. 실컷 카스트제도에 열을 올리긴 했어도 왕족과 브라만의 삶은 어떤지 궁금해졌다. 크툿은 지도를 펼쳐서 한 지역을 손으로 짚으며 그곳에 우붓 왕족의 후손이 많이 모여 산다고 했다. 그곳은 크툿의 집과 가까웠다.(그는 우붓에서 두 시간 정도 걸리는 먼 곳에 살았는데 일주일 중 6일은 게스트하우스에 머물며 일했다.)

"크툿, 이제 조금 있으면 한국으로 다시 돌아가야 한단 말이에요. 집 근처에 이렇게나 볼거리가 많은데 왜 한 번도 초대해주지 않은 거예요?"

나는 말이 많은 사람과 얘기할 땐 입을 다물고, 무뚝뚝한 사람과 얘기할 땐 나도 모르게 자꾸 장난을 치는 이상한 습성이 있다. 그는 근래에는 시간이 없어서 자기도 집에 가지 못했다고 말했다. 나는 장난스럽게 애매한 표정으로 그를 물끄러미 쳐다봤다. 크툿은 시선을 피하다 졌다는 듯이 웃으며 마지못해 말했다.

"정말이에요. 못 갔어요. 어머니가 입원해서 병원에 가야 했거든요. 암 덩어리가 생겨서요. 코에."

나는 매우 당혹스러웠다. 크툿은 일주일에 고작 하루뿐

인 휴일마다 병원에 가야만 하는데, 가는 데 세 시간 오는 데 세 시간 하면 하루가 다 가기 때문에 한동안 집에 가보지 못했다고 덤덤하게 말했다. 내 딴으로는 위로를 하겠다고 몇 마디를 건넸지만, 당시 내가 무슨 말을 했는지 기억도 못 할 만큼 당혹스럽고 복잡한 감정을 느꼈다.

"우리는 슬픈 일이 있어도 웃어야 해요."

며칠 후 크릇이 낮은 선 베드에 앉아 말했다. 수영장 물이 달빛에 반사되어 하얗게 반짝거렸다. 얼마 전 크릇의 형수님이 세상을 떠났다고 했다. 형은 매일 술을 마셨고 온 집안이 슬픔에 잠겨 엉망이었다고 했다. "네. 슬펐어요. 하지만 일하러 와서는 웃었어요. 우리는……." 그는 땅을 바라보던 눈을 거두고 나를 바라보며 밝게 한번 웃었다. "슬퍼도 웃어야만 해요." 그의 웃음은 나를 울고 싶게 했다.

"혹시 알아요? 만약 어떤 문제를 피해 도망가잖아요? 그러면 그곳에 똑같은 문제가 기다리고 있대요."

도망쳐 간 곳에 낙원은 없다는 진부한 이야기를 그가 하니 신선했다. "네, 알아요" 하고 내가 대답했고 우리는 서로를 향해 조금 힘없이 웃어 보였다.

"어쩌면…… 저도 도망 온 건지도 몰라요. 아파서 쉬러 왔다고 말했지만 사실은 도망친 건지도 모르겠어요."

내 말을 듣고 크툿이 미소를 지은 다음 천천히 입을 뗐다.

"피하고 싶었어요. 이곳을 떠난 친구들이 많거든요. 하지만 나는 이곳에 있어요. 할 수 있는 일을 하면서, 열심히요. 어디든 사람 사는 곳은 비슷하니까 말이에요. 저축을 해요. 돈을 많이 벌진 못하지만요. 떠날 수 없었어요. 똑같은 문제가 기다리고 있을 테니까요."

크툿은 눈을 내리깔고 선 베드 아래 자라고 있는 풀에 손을 가만히 대고 이리저리 스치듯이 움직였다.

숙연해진 분위기를 바꿔보려고 내가 일부러 발랄하게 말했다.

"하지만 우붓은 낙원인데요?"

"그야 당신은 도망 온 게 아니니까요."

그는 당연하다는 듯이 피식 웃었다.

"힘들 때 말이에요……. 그럴 땐 뭘 해요?"

대답을 꽤 기다려도 말이 없기에 질문을 바꿔 다시 물

었다.

"당신은 쉬는 날 뭘 하죠?"

크툿은 빙그레 웃더니 입을 뗐다.

"저는⋯⋯."

그가 또다시 뜸을 들이기에 '혹시 내가 물어보면 안 되는 걸 물은 건가?' 하는 생각도 들었다.

"새소리를 들어요."

"네?"

아니 이게 뭔가 싶은 대답이었다. 새소리? 하늘을 날아다니는 새? 크툿은 새소리를 듣는 게 유일한 행복이라고 조용히 미소 지으며 마침내 대답을 완성했다.

새가 유달리 똑똑하다고 그가 말했다. 그러면서 집에 있는 일곱 마리의 새를 은근히 내게 자랑했다. 아무리 생각해도 새들이 자기 말을 알아듣는 것 같은데, 새소리 경연대회에 나가면 단연 1등이라며 지금까지 한 번도 보인 적 없는 들뜬 표정으로 이야기했다. 그러면서 지난번에 한 마리가 아팠을 때는 이곳까지 데려와 돌볼 수밖에 없었다면서 "지금은 나아지긴 했지만⋯⋯" 하고 말끝을 흐리며 세상 근심

다 젊어진 듯한 표정을 지었다. 나는 나대로 처음 보는 크
틋의 변화무쌍한 표정들을 바라보며 낯설어하고 있었다.

"집 근처에 큰 나무가 있어요. 그 아래에서 새소리를 들
으면 정말로 좋아요."('정말로 좋아요'가 그에게 최상급 표현인
것 같았다.) 무례하게 굴고 싶진 않았으나 나는 나도 모르게
지어진 '엥?' 하는 표정을 재빨리 거두지 못하고 있었다.
기껏해야 그림 그리기, 대나무 잎으로 바구니 만들기, 아
니면 숲속에 앉아 피리를 분다든지 바틱(batik) 같은 발리
전통 염색을 예상했었다. 그런 것도 사실 놀랄 법한 대답
인데 새소리 듣기라니? 우붓 남자의 취미란 실로 상상을
뛰어넘는구나.

"한국에는 새가 없나요?"

내가 당최 이해할 수 없는 표정으로 앉아 있으니 그가
물었다. 지금 농담을 하는 거겠지? 당연히 새가 있다고 말
을 하려다 멈칫했다. 한국에서 새소리를 들어본 게…… 언
제였더라?

"특히, 해가 떠오를 때 말이에요. 햇살이 저기서 비칠

때—"그는 손을 뻗어서 최대한 멀리 짚으려 애쓰며 하늘을 가리켰다. "정말로 좋아요." 크틋은 눈을 살짝 감았다. 평화로운 미소가 입가에 번졌다. 자신도 모르게 그렇게 되는 모양이었다. 그러다 다시 장난스럽게 웃으며 말했다. "그땐 다른 생각이 안 나요. 하하하."

또다. 또. 이곳 사람들 특유의 순도 100퍼센트 행복한 웃음이다. 나도 작게 따라 웃었다.

아, 참! 그거 나도 아는 거다! 순간 너무 반가워서 무릎을 칠 뻔했다. 우붓에 처음 온 날. 하늘에서 울려 퍼지는 영롱한 새소리에 잠이 깼었지! 비몽사몽 상태에서 환상적인 기분을 느끼며 한참을 발코니에 서 있었던 그날 아침을 이토록 까맣게 잊고 있었다니!

파란 하늘, 새하얀 구름 그리고 맑은 새소리. 슬퍼도 웃어야만 했던 크틋을 위로해준 건 그런 것들이었다. 나는 한참 동안이나 이해할 수 없다는 표정을 지었던 탓에 뒤늦게 아는 척하기가 쑥스러워서 "낭만적이네요!" 하고 그냥 웃고 말았다. 조금 전에 크틋이 가리켰던 밤하늘에서 별들이 반짝거렸다. 나도 그 아침을 알아요. 나는 속으로 말했다.

자연이 보존된
몽키 포레스트

원숭이한테 머리를 쥐어뜯겼다. 원숭이는 무섭다. 특히 그 시뻘건 눈이. 내 평생 원숭이에게 머리채를 잡힐 날이 올 줄은 꿈에도 몰랐다. 뒤에 서 있던 발리 청년들이 큭큭 웃음을 터트렸다. 원숭이한테 머리를 잡힌 채 찍소리도 못하고 다소곳이 앉아 있는 내가 웃기긴 했을 거다. 그들 중 한 명이 다가왔다. 터져 나오는 웃음을 필사적으로 참으면서.

나는 몽키 포레스트에 있었다. 입장료 4만 루피. 조금 비싸다고 생각했던 것은 착각이었다. 밖에서 봤을 때는 보이는 곳이 전부인 줄 알았는데 왜 몽키 '포레스트'인지 알 것 같았다. 숲이었다. 입구를 따라가니 울창한 숲이 펼쳐졌고 계단 옆으로 온갖 석상들이 죽 서 있었다. 원숭이, 대왕

찌짝, 용(인지 뱀인지). 상의는 다 벗어젖힌 채 하반신은 사자인 여인. 혀를 길게 빼고 우는지 웃는지 모르겠는 여인. 다리 사이에 고개를 빳빳이 든 뱀을 거느린 여인.

석상을 지나 오픈 스테이지가 나왔고 돌계단에 잠시 쉬려고 앉았다. 물 좀 마시려고 뚜껑을 여는데 '이 구역의 미친 원숭이는 나야 나' 할 것만 같은 눈 빨간 원숭이가 갑자기 나를 향해 전속력으로 달려왔다. 그리고 순간 얼어버린 나는 꼼짝없이 머리채를 잡히고 만 것이다.

웃음을 잘 못 참던 청년이 나서서 구해주지 않았다면 나는 하루 종일 원숭이한테 머리를 잡힌 채로 그 자리에 앉아 일몰을 감상해야 했을지도 모른다. 청년은 원숭이에게 물병을 보이지 말라고 충고해주었다. 감사 인사를 하고 가방에 물통을 집어넣었다. 나는 무사히 그곳에서 벗어나 다시 길을 따라 올라갔다. 한참을 올라가니 빽빽하게 들어선 나무숲이 나를 압도했다. 눈앞에 펼쳐진 나무숲은 더위에 지치고 원숭이한테 시달린 나를 완전히 다른 세계로 데려가줬다. 울창한 초록빛 세계의 어떤 신비한 기운이 나를 감싸 안는 것 같았다.

때마침 환상적이게도 나무 그네가 있었다. 기분이 좋아진 나는 이몽룡이라도 나타나주려나 하면서 들뜬 기분으로 그네에 올라탔다. 뭐가 나타나긴 했다. 시뻘건 눈을 한 원숭이 선생이. 나는 어찌나 놀랐던지 그네에서 멀리뛰기를 하며 뛰어내렸다. 흔들리는 그네 위로 원숭이가 가볍게 뛰어올라 우아하게 앉아서 나를 노려보았다.

그래. 이곳은 너의 구역이야. 당연하지. 나는 눈을 아래로 깔고 비굴한 몸짓으로 도망쳤다. 한참 지나서도 내가 웅크린 채로 걷고 있다는 것을 깨닫고는 조금 자존심이 상했다. 하지만 난간 위 원숭이를 보고 또 흠칫 놀랐고, 팔다리를 축 늘어뜨리고 낮잠 자고 있는 걸 확인한 후에야 어깨를 펼 수 있었다. 그래도 주변에 관광객이 많다는 사실이 커다란 안도감을 줬다. 이토록 세상 편한 자세로 잠을 잘 수 있다니. 나는 대자로 뻗어서 자고 있는 원숭이를 물끄러미 바라봤다.

서로 이를 잡아주며 장난치는 원숭이들도 보였다. 능숙하게 바나나 껍질을 까는 원숭이, 어디서 빼앗은 건지 모

르겠지만 사람처럼 물통 뚜껑을 열어서 물을 마시는 원숭이도 있었다. 바로 옆에 새끼 원숭이를 안고 있는 어미 원숭이가 있었다. 감탄사가 날 만큼 작고 귀여운 아기 원숭이는 눈도 있고 코도 있고 손가락도 있었다.

사람들이 원숭이 주위를 둘러싸고 사진을 찍었다. 어미 원숭이가 자애로운 눈빛으로 토마토만 한 작은 원숭이를 소중하게 안고 있었다. 한참 서서 원숭이들을 바라보던 나는 평화로운 기분을 느꼈다. 그곳에는 그들의 삶이 펼쳐지고 있었다. 뭔가 감동을 받은 나는 가방 어딘가에 넣어둔 팸플릿을 꺼내 읽었다. 놀랍게도 어미뿐 아니라 모든 암컷 원숭이가 마치 자신의 새끼처럼 아기 원숭이를 돌본다고 적혀 있었다.

몽키 포레스트는 힌두 철학 '트리 히타 카라나(Tri Hita Karana)'의 가르침으로 보존된다고 한다. 'Tri'는 숫자 3, 'Hita'는 행복, 'Karana'는 방법을 뜻하며 행복을 위해선 신, 인간, 자연이 조화로운 관계를 이루어야 한다는 의미를 담고 있다. 동물들은 자연 속에서 나름의 질서를 지키며 조화롭게 살고 있는데 우리는 얼마나 조화를 이루고 있을까? 조화는커녕 동물들의 삶의 터전을 얼마나 많이 빼앗았을까? 그런 생각을 하면 가슴이 아프다. 나는 자애로운 눈빛의 어미 원숭이와 앙증맞은 다섯 손가락을 꼼지락거리는 아기 원숭이를 바라보았다.

그리스 신화 속 '가이아'는 지구의 어머니로 상징된다. 그녀는 인간, 나무, 원숭이 모두의 어머니고 세상 만물은 한 어머니를 둔 형제다. 알고 보니 꽃도 잡초도 돌부리도 모두 내 동생인 것이다. '트리 히타 카라나'의 가르침처럼 모두가 조화롭게 살아갈 순 없을까. 만약 그렇지 않은 사람이 있다면 미안하지만 눈 시뻘건 무서운 원숭이가 그 사람 머리를 두 번 쥐어뜯어줬으면 좋겠다.

반전의 감동,
레공 댄스

레공 댄스(Legong Dance)가 그렇게 궁금하진 않았다. 소나무껍질만큼 두껍게 주름진 할머니가 말없이 공연 티켓을 내밀었다. 그걸 사긴 했지만 공연이 시작되는 7시가 가까워오자 귀찮기까지 했다. 사람이 어찌나 없던지 십 분 전에 도착했는데도 맨 앞 좌석에 앉을 수 있었다. 연주 세션 스물다섯 명 정도가 무대에 입장했다.

발리의 전통악기는 얼핏 우리나라 악기와 비슷해 보여서 별다를 게 없었다. 장구, 북, 징처럼 생긴 악기들. 다만 실로폰의 조상 격인 것처럼 보이는, 크고 두꺼워서 장엄해 보이기까지 하는 악기가 있었고 그 옆에 (얇은 실로폰 채가 아닌) 작은 망치 같은 게 놓여 있어 눈길을 끌었다.

연주자 몇몇은 수줍어하는 것처럼 보였다. 두 연주자가 무대 위에서 마치 콩트를 하듯 연신 서로에게 앞자리를 양보했다. 무대도 관중석도 아주 어수선했다. 나는 아무런 기대감 없이 모기기피제를 아무렇게나 온몸에 뿌렸다.

순간, 벼락같은 소리가 귀를 때렸다. 너무 놀라서 쥐고 있던 모기기피제를 떨어뜨릴 뻔했다. 모든 악기가 동시에 만들어낸 정신이 번쩍 드는 단 하나의 음이었다. 관중석엔 완벽한 침묵이 흘렀다. 내 모든 감각은 무대에 집중했다. 1분 전만 해도 사람 좋은 얼굴을 하고 있던 연주자들은 눈빛이 싹 바뀌어 있었다. 나는 자세를 고쳐 바로 앉았다.

연주가 시작되었다. 한국 전통악기와 비슷해 보이던 발리 악기는 전혀 다른 소리를 냈다. 다양한 크기의 아름다운 옥구슬 수백 개가 아롱지며 흐르는 듯한 맑고 영롱한, 내가 한 번도 들어본 적 없는 소리였다. 지극히 섬세한 악기 소리는 달빛과 어우러져 떨리는 소리를 냈다. 진동은 연주 속에 섞이기도 했다가 압도하기도 했고 듣기 좋은 음이 규칙적으로 반복되면서도 미묘하게 변했다. 같은 악기가 획일적인 음으로 연주되는 것이 아니라 동시에 무수히 다른 음으로 연주되는 것 같았다.

간지럽게 시작된 연주는 절정에 이르자, 마치 거대한 분수처럼 세차게 내뿜어진 소리가 수많은 잔음과 무지갯빛으로 진동하는 방울이 되어 공중에 뿌려졌다. 실로폰같이 생긴 악기를 연주하는 사람들의 손은 너무도 딱딱 맞아서 경이롭기까지 했다. 눈으로 좇기에도 빠른 연주를 심지어 먼 산을 보며 치는 사람도 있었다!

기대를 너무 안 해서 이렇게 놀라운 건지도 몰라. 춤은 좀 지루할지도 모르지. 하지만 춤은 더 놀라웠다. 분홍, 금빛으로 반짝이는 의상을 입고 화려한 화장을 한 다섯 명의 소녀들이 발리의 가믈란(gamelan) 연주에 맞춰 추는 웰컴 댄스가 시작되었다. 춤은 눈동자와 극히 제한된 몸짓으로만 표현되었다. 음악이 아름답게 흐르다 갑작스럽게 쿵 하는 순간에 그녀들은 눈을 왼쪽으로, 또 쿵 하면 오른쪽으로 정확하게 음악에 맞춰 움직였는데 내 평생 그토록 절도 있는 눈동자는 처음이었다. 그녀들의 절제된 몸짓은 실로

독특했다. 눈을 뗄 수 없을 정도로 스틸 컷이 빠르게 바뀌는 하나의 영상 같았고, 마치 무슨 조류의 움직임처럼 보이기도 했다. 거대한 조류가 목을 부자연스럽게 움직이듯이 그녀들의 움직임은 끊기는 듯하면서도 연결되어 기이하면서도 동시에 우아했다.

온몸으로 엄청난 몸짓을 만드는 화려하고 자극적인 춤만 주로 봐와서 그런지 그녀들의 절제된 춤은 이상하게도 내 맘을 끌었다. 마지막에 그녀들은 무릎을 꿇고 기도하듯이 손을 모은 후, 마치 아름다운 정령이 축복을 내리듯이 고운 분홍 꽃잎을 뿌렸다. 나는 벌떡 일어나 떨어진 꽃잎을 주섬주섬 주워오고 싶은 충동을 느꼈다.

두 번째로 전사의 춤이 시작되며 음악은 한층 빠르고 격렬해졌다. 그는 용감한 전사인 만큼 격정적이고 용맹한 기세로 춤을 췄는데 얼마나 연습을 했던지 어깨가 위로 올라붙어서 아예 목이 없는 것처럼 보였다. 손도 활처럼 휘어져 있었는데 '투구투구 툭툭' 음악이 울릴 때 그의 몸속 모든 관절들이 용맹스럽게 제각기 다른 방향으로 뻗어서 이러다 뽑혀버리는 것은 아닐까 맘을 졸이며 보게 될 정도였다. 가믈란 연주 속 각각의 음이 모여 전체의 아름다운 선율을 만들고, 음악과 그의 모든 감각이 한데 모여 한 치의 오차도 없이 온몸으로 흐르는 듯한, 220볼트 전기에 감전된 것 같은 춤사위였다. 그러다가도 한쪽 눈썹을 천천히 높게 올리면서 그 눈만을 반쯤 내리깔고 손을 앞으로 곧게 펴서, 마치 상대를 지목하며 살짝 비웃어대는 듯한 표정을 지음으로써 그의 춤은 정점을 찍었다.

꿀벌 댄스를 추던 여자는 정말 환상적이었다. 빛나는 노란색 의상을 차려입고 선녀처럼 나타난 그녀는 사랑에 빠진 꿀벌답게 몸짓이 우아하고 아름다웠다. 살짝 미소를 띠며 눈을 아래로 내리깔다가 순간적으로 강한 음이 '쳬엥' 하면 동작을 멈추고 한순간 눈을 탁 치켜뜨며 고개를 좌우로 빠르게 움직이면서 정색을 하는데 굉장히 매혹적이었다. 그러고는 살랑살랑 흔들리는 꽃처럼 하늘거리다 사람을 홀리는 매혹적인 웃음을 흘리고 강한 소리와 함께 눈을 흘기며 돌아섰다. 이런 팜므파탈 같으니. 나는 차갑게 돌아서는 그녀에게서 치명적인 매력을 느꼈다.

한 시간 삼십 분이 어떻게 지났는지 모르겠다. 한순간도 눈을 뗄 수 없어 모기가 괴롭히는데도 보지도 않고 모기기 피제를 감으로 뿌려댈 정도였다. 집에 돌아와서도 흥분을 가라앉히지 못하고 춤에 대한 정보를 찾아보니 댄서들은 보통 5~6세 때부터 연습을 시작한다고 했다. 몸을 유연하게 움직여야 하기 때문에 다 크고 나서는 배우기 힘들다는 것이다. 또한 춤을 배울 때 신을 받아들이는 트랜스 의식을 한다고 했다. 그들은 신을 모시는 자로서 춤을 추는 것이다. 모든 춤과 무용 그리고 음악까지도 어떤 표현을 한다는 점에서 언어적 기능을 하고 있다고 말할 수도 있을 것이다. 레공 댄서들의 춤은 마치 고대의 언어 같았다.

인도에서 카타칼리(Kathakali) 공연을 본 적이 있다. 이 전통 무용극은 대사가 없고 단지 눈동자와 몸짓으로 이뤄진다. 공연 시작 전, 사회자는 공연자의 눈썹과 눈, 무드라에 언어적 의미가 담겨 있다고 했다. 공연자가 옆에서 몇 가지 주요 동작을 취하면 사회자가 간단히 설명해주었다. 한 가지 예를 들자면 이런 것이다. 눈이 빠질 만큼 눈을 크게 뜨고, 눈썹을 하늘 끝까지 들어 올려서 세상에서 가장 놀란 표정을 지은 후, 2초 정도 멈춘다. 그리고 눈과 눈썹을 아래위로 빠르게 꿀렁거리며 입술 꼬리 양끝을 한껏 올려 이상 야릇한 미소를 지으면 사랑에 빠졌다(falling in love)는 뜻이다.

나는 눈짓 하나가 (혹은 표정이) 그렇게 직접적인 언어를 담고 있다는 것에 강하게 끌렸다. 미처 내가 알아채지 못하는 미지의 언어를 알아내고 싶은 호기심과 충동을 느꼈다. 카타칼리와 레공은 엄연히 다르지만 눈동자와 제한된 몸짓으로만 연출된다는 점이 비슷하다. 그래서 레공 댄스도 직접적인 언어를 함축하고 있을지도 모른다고 생각한 것이다. 공연을 보는 내내 마치 고대의 비밀스러운 언어로 가득 찬 몸짓을 보는 듯한 기분에 젖어 동작의 의미를 유추하려 했고 그럴수록 더욱더 춤에 빠져들었다.

언어가 생기기 전 몸짓의 언어는 그렇게 아름다운 것이 아니었을까? 오래도록 중독성 강한 가믈란 음악이 귓가에서 '자그랑자그랑' 하고 들리고 그들의 춤이 눈앞에 어른거렸다.

모두 자신만의 삶을
살고 있을 뿐

내 다리에 웬 손이 툭 닿았다. 바싹 마른 나뭇가지처럼 앙상한 팔 끝에 힘겹게 매달려 있는 손이었다. 놀라서 급하게 옮긴 시선에 들어온 광경은 충격적이었다. 햇빛에 일부러 말린 듯 쪼그라들어 있고 누군가 빨대를 꽂아 생기를 모조리 쪽 빨아먹은 것만 같은 아낙들이 길바닥에 주저앉아 갓난아이를 안고서 나머지 한 손은 내게 뻗어 구걸을 하고 있었다.

갓난아기가 울기 시작했고 한 발자국 떨어진 쓰레기 더미 위로 수많은 날파리 떼가 날아다니고 두 발자국 떨어진 곳엔 커다란 개똥이 있었다. 굳이 거울을 보지 않아도 나는 내가 어쩔 줄 몰라 하는 표정을 짓고 있다는 걸 알았다.

그들의 고통이, 비참한 슬픔이 전해지는 것만 같았다.

그 후로도 몇 번이나 그들을 봤다. 광대뼈가 툭 불거진 그녀들을 볼 때마다 뭔가가 훅 스미듯 아팠고 동시에 알 수 없는 반감까지 들었다. 아이는 무슨 죄일까? 남편은 도대체 뭐하는 사람이길래? 없는 걸까? 대여섯 살쯤 되는 어린아이가 나를 물끄러미 바라볼 때 그 커다란 눈을 마주하기가 힘들었다. 무슨 생각을 하고 있을까? 어떻게 세상을 배우고 있을까? 매일 지나는 수많은 사람들이 던지는 눈빛이 혹시나 아이 마음에 상처를 주진 않을까? 아무리 아름다운 곳을 보았어도 그날 끝에 어쩌다 그들을 만나게 되면 알 수 없는 슬픔이 내 마음을 어지럽혔다.

"다리 위에서 갓난아이를 안고 있는 여인들을 본 적 있나요?"

어느 날 저녁에 크툿에게 물었다.

"이곳에선…… 여자 혼자 아이를 키우려면 구걸해야 하나요?"

바로 후회했지만 이미 나도 모르게 날이 선 질문을 뱉

은 후였다.

크툿은 잠시 가만히 있다 믿을 수 없는 말을 했다.

"그건 그녀들의 잡(job)이에요."

엥? 나는 내 귀를 의심했다. 너무 이상한 전개다. 충격적
이었다.

"뭐라고요?"

"제가 봤어요."

그의 눈빛이 달빛과 닿아 이상스레 빛났다. 크툿은 고개
를 오른쪽으로 한번 휙 돌려 모기를 쫓고는 다시 나를 바
라보며 확신에 찬 어조로 말했다.

"여러 명이 한 봉고차에서 내리는 걸 봤어요. 아무도 없
는 새벽에요."

나는 미간을 찌푸렸다.

"들은 바로는 남편도 있대요. 집도 있고요. 그건 그
냥…… 그들의 직업이에요."

"하지만 힘들어 보였어요. 슬퍼 보였다고요."

"슬프지 않아요. 그녀들은 부자니까요."

"뭐라고요?"

"저는 일주일에 6일을 일해요. 24시간 내내. 하지만 그녀들은 앉아서 손만 내밀어 쉽게 돈을 벌어요. '나보다 (than me)' 더 많이."

크릇이 웃으며 말했다.

나는 잠시 멍하게 있다 나도 모르게 딱 벌어진 입을 재빨리 다물었다. than me. than me. than me. 그가 말한 'than me'가 귓가에 계속 들리는 것 같았다.

크릇의 말이 사실이 아닐 수도 있다. 단지 마음씨 좋은 아저씨가 지나는 길에 태워준 것인지도 모르고, 나쁜 사람을 만나 착취를 당하는 것인지도 모른다. 하지만 구걸하는 사람이 자신보다 더 돈을 많이 벌 거라고 하는 크릇의 말은 확실히 충격적이었다.

마사지해주던 예쁜 소녀가 월급이 300달러라고 내게 말한 적이 있다. 가만 생각해보니 하루에 관광객 열 명이 1달러씩 주면 한 달에 300달러다. 정말로 크릇의 말이 사실일 수도 있는 것이다. 그런데 모든 사실 여부를 떠나 가장 충격적인 것은 크릇의 말 자체였다. '직업'이라고 말했다. 구걸을 직업으로 생각할 수도 있는 것인가? 나는 안타깝고 비참하고 슬프게 생각했다. 구걸이 삶의 한 방식일 수도 있다는 생각은 단 한 번도 해본 적이 없었다. 하지만 크릇은 그녀들이 구걸하는 삶을 직업으로 선택했다고 말했다. 삶의 방식은 여러 가지다. 삶의 기준도 마찬가지이며 남에게 피해를 주지 않는 선에서 누구든 자유롭게 살 권리가 있다. 나는 어째서 삶의 방식을 어떤 틀 안에 넣고 그 안에서만 이뤄지는 거라 생각했을까?

때때로 인생은 원치 않는 방향으로 우리를 내몰 때가 분명 있다. 원하지 않았음에도, 심지어 끔찍하게 싫은데도 상황에 의해, 누군가에 의해, 생계를 위해, 가족을 위해, 기대에 부응하기 위해 싫은 일을 해야만 하는 처지에 놓이기도 한다. 그럴 때조차도 자신의 삶을 판단하는 것은 자신만의 고유한 영역 내에서 이루어질 일이다. 결코 타인이 판단할 수 없고 판단해서도 안 된다. 속사정은 모르면서 겉만 보고 A의 삶이 B의 삶보다 좋다 나쁘다 말할 수는 없는 것이다.

내가 본 그들도 마찬가지가 아닌가? 겉만 보고 내 맘대로 비참하다 슬프다 말할 수 없는 게 아닐까? 애초에 내가 그들 각자의 삶에 대해 무엇을 안다고 섣불리 무례하게 값싼 동정심을 가졌단 말인가? 생각해봤다. 내가 그들보다 자유로운가? 쉽게 답할 수 없었다. 그들보다 돈을 더 많이 버나? 크툿에 의하면 당연해 보이는 그 답조차 확신할 수 없었다.

며칠 후 그들을 다시 보았다. 남자아이가 제 딴에 짧은 다리를 빨리 움직여 여자아이를 쫓아가고 있었다. 귀에 꽃을 꽂은 여자아이가 하얀색 간판 뒤로 숨자 남자아이가 여자아이를 붙잡았고 둘은 넘어갈 듯이 까르륵 웃었다. 그 소리에 그들의 엄마로 보이는, 옆에서 갓난아기를 안고 이야기 나누던 두 여인 중 한 명이 주위를 살피다 나와 눈이 마주쳤다. 그녀는 옅은 미소를 지으며 시선을 거두고 상대와 하던 이야기를 마저 이어갔다. 꽤 오랫동안 지켜보던 내 시선을 눈치 챈 남자아이가 앙증맞은 두 손을 모아 배배 꼬며 수줍게 웃었다.

나는 그동안 뭘 본 것일까? 내가 보고 싶은 대로, 생각하는 대로 봤던 건 아닐까? 누구도 타인의 인생을 판단할 수 없다 하면서도 나는 그들에게 보이지 않는 잣대를 가져다대며 불행하고 비참한 삶이라 여겼다. 그러지 말아야 했다. 모두가 자신만의 삶을 살아가고 있었다.

어렸을 땐
몰랐던 것들

내게 자연이란 어릴 적 방 한구석에 걸려 있던 달력 속 그림 같은 것이었다. 누군가 자연의 아름다움과 경이로움에 대해 감탄하면 '뭘 그렇게까지?' 하면서 고개를 갸우뚱거렸다. 아주머니들이 등산하면서 어째서 친자식에게도 하지 않을 것 같은 감격스러운 말투로 "아이고오~ 너어어무우 예쁘다아~"라고 하는지 이해할 수 없었다. 마찬가지로 할머니들이 진눈깨비만 한 제비꽃을 보고 굳이 걸음을 멈춰 서서 "아이고~ 곱다아" 눈빛 한가득 감동의 물결을 그리며 미소 짓는 연유를 그때는 알지 못했다.

나는 시골에서 태어났다. 아침 6시 40분, 오전 10시, 오후 4시, 저녁 7시. 하루에 버스가 네 대 있었다. 초등학교

때 수업을 마치고 집에 가려면 한참을 기다려서 4시 버스를 타거나 한 시간 삼십 분을 걸어야 했다. 언젠가 한번 회사에서 이 얘길 했더니, 국장님이 무척 놀라워하며 아버지 세대의 얘기인 것 같다고 하셨다(당시 국장님은 40대였다). 우리 집은 학교에서 제일 먼 동네 중에서도 가장 먼 산골짜기에 홀로 뚝 떨어져 있었다. 집 주변은 온통 산과 나무였고 친구를 만나려면 이십 분을 걸어야 했다. 그런 집이 싫었다. 당연히 집 주위를 둘러싼 자연이 얼마나 소중한지도 알지 못했다. 고등학생이 되어 산으로 둘러싸인 곳에 살지 않게 되었을 때, 밤에도 낮처럼 번쩍번쩍 온 거리를 화려하게 비추는 네온사인 간판을 보았을 때 나는 감격했다.

하지만 그런 나도 독특한 취향이 있다. 이십 대 초반의 일이다. 친구 집에서 할 일 없이 TV 채널을 돌리고 있었다. "그래. 거기서 멈춰야지. 그래야 너지." 친구의 뜬금없는 한마디에 나는 어리둥절해졌다. "너는 원주민만 나오면 채널을 딱 멈추더라?" 내가 틀어둔 TV 화면에는 아프리카의 한 부족이 동그랗게 모여 춤추고 있었다. 친구는 내가 전생에 어디 저 아프리카 원주민이었던 것이 틀림없다고 덧붙였다. 나는 눈을 흘겼지만 내심 속으로는 정말 그럴지도 모른다고 생각했다.

어릴 적부터 그들의 이야기는 항상 내 관심을 끌었다. 북미, 남미, 아프리카 그 어디든 원주민이라면 모두 그랬다. 뭔가 비밀스러웠으며 신비로웠다. 원주민에 관한 책이나 영화, 다큐라면 눈에 불을 켜고 봤다. 언젠가 나는 소위 문명인들이 마구 헤집어 잔혹하게 파괴해버린 원주민의 역사를 더듬은 책을 읽고 병이 나기도 했다. 새벽이었는데 갑자기 머리가 땅하고 열이 나더니 동시에 오한까지 나서 몸이 부들부들 떨렸다. 책을 끝까지 읽어야만 했기에, 책을 놓지도 못하고 더 읽지도 못한 채 가슴팍에 끌어안고는 울음을 터트렸다. 그들의 역사는 학살로 얼룩진 역사였다. 나는 며칠 동안 별다른 이유 없이 심하게 아팠다.

특히 아메리카 원주민은 자연을 함부로 남용하고 파괴할 대상으로 보지 않았다. 경외심을 가지고 대했다. 정복하지 못해서, 발명할 줄 몰라서가 아니었다. 배나 기차를 만들려면 엄청난 규모의 자연을 파괴해야만 했다. 1킬로

그램의 철을 생산하기 위해선 1톤의 나무가 소요되었다고 한다. 철이 만들어지는 온도를 맞추기 위해 엄청난 양의 나무가 투입되는 것이다. 물론 삶이란 다른 생명의 죽음으로 영속되는 수레바퀴다. 하지만 정도껏 해야 한다. 원주민은 만물을 신의 예술품으로 생각했기 때문에 무분별하게 벌목하고 훼손시킴으로써 소위 발달된 문명을 추구하지 않았던 것이다.

나는 묻고 싶다. 경외심을 갖고 자연을 섬기는 것이 설사 온갖 종류의 미신적이고 미개한 것으로 치부되는 성격의 믿음이라고 치더라도 그래서 자연을 어머니로 혹은 신으로 여기지 않는다 하더라도 까마득한 옛날부터 인류에게 의식주를 비롯한 모든 것을 내어주었던 자연을 그렇게까지 파괴해야만 하는 것이냐고. 필요 이상으로 무분별하게 훼손하고 죽여야만 하는 것이냐고. 그것이 맞는 거냐고. 잘하는 거냐고.

원주민들은 지혜를 가지고 있었고 개인주의를 뛰어넘어 고귀한 이타심을 지니고 살았다. 자연 만물을 어머니

로, 위대한 신비로 여기고 경외하고 숭배하며 감사함을 가졌다. 인생을 살다 보면 한참이 지나서야 비로소 깨닫게 되는 것이 있다. 그런 것은 오랜 시간이 필요했던 만큼 소중한 깨달음인 경우가 많다. 나는 이제 안다. 시골에서 어린 시절을 보냈던 건 축복이었음을. 화려한 네온 간판은 가짜고 길가의 풀 한 포기가 진짜라는 걸. 어린 시절의 하늘, 공기, 별, 바람이 지금의 나를 있게 했고 나의 무의식에 지대한 영향을 미쳤음을 안다. 어릴 적 이해할 수 없었던 그 아주머니와 할머니들의 마음을 헤아릴 수 있게 된 것이다.

이곳에 살면 좋을 텐데. 그런 생각이 든 건 특별할 것 없는 어느 오후였다. 고대 식물만큼 커다란 잎사귀들을 지닌 나무와 '붉다, 자줏빛이다' 단정 지어 말하면 토라져버릴 것 같은 오묘한 빛깔의 꽃들, 그들과 춤추고 있는 부드러운 바람. 이런 것들과 함께 산다면 더 이상 바랄 게 없을 텐데. 나는 아보카도 주스를 한 모금 마셨다. 이내 이렇게 시원한 주스도 마시고 싶고, 모기기피제도 사야 하고, 카메라도 있어야 하고……. 이러는 나를 보고서 갑자기 서글픈 맘이 들었다. 나는 아직 너무 많이 바라는구나. 너무 많이 필요하구나.

　그래도 언젠가는 이런 곳에서 살 거야, 다짐하듯 말했다. 나는 벌레에 기겁하는 주제에 자연에서 살고 싶어 한다. 타샤 튜더처럼, 헤세처럼 살고 싶다는 건 나의 오랜 꿈이다. 짙고 옅은 초록 나무와 금빛 물결 논밭, '너는 지금 먼 곳에 와 있어!' 하고 속삭이는 야자수와 수줍은 빨강 하양 그리고 노랑의 꽃과 같이 살 것이다. 내 집, 가장 성스러운 한편에 사원을 짓고 감사의 기도로 하루를 시작해야지. 가장 볕이 잘 드는 곳에 텃밭을 만들고 올망졸망 귀여운 대추 토마토를 심어야지. 책 읽고, 글 쓰고, 음악 듣고, 노래를 부르고, 춤도 추면서 하루하루 신나는 축제처럼, 신성한 기도처럼 살아야지. 글로 다 표현할 수 없는 경이로움으로 가득 찬, 누구든 가만히 들여다보면 사랑에 빠질게 틀림없는 아름다운 자연 속에서.

흥과 웃음이
흐르는 강

무려 사십 분이었다. 반들거리는 까만색 승합차가 미끄러지듯 내 앞에 섰다. 창문 너머 운전대를 잡은 남자가 웃음을 흘렸다. 미안한 웃음이라기보다 이상야릇한 웃음이었다. 화를 내야 하나 고민하다 우붓에서 화내면 이상한 사람 취급 받는다는 말이 떠올라 조수석 문을 열고 차에 올라탔다. 흘깃 본 뒷좌석에는 서양 외국인들이 앉아 있었다.

"미안해요!"

마치 금방 다듬고 오느라 늦은 건 아닐까 싶은 샤프한 눈썹을 가볍게 올리며 남자가 말했다. 스물두 살쯤 되었을까? 사무라이처럼 바짝 올려 묶은 머리 아래로 굵은 알이 박힌 귀걸이가 한쪽 귀에서 반짝거렸다.

이곳에서 지내는 동안 서두르거나 뛰는 발리인을 한 번
도 본 적이 없다는 걸 깨달았다. 나는 그런 우붓의 여유로
움을 사랑하지만 오늘만은 예외였다. 언니와 둘이서 장장
사십 분 동안을 허름한 건물 계단에서 쭈그리고 앉아 기다
렸던 탓이다. 픽업 기사가 능숙한 운전으로 우붓을 벗어나
자 완연한 시골 풍경이 펼쳐졌다. 그래. 오늘처럼 즐거운
날 사십 분을 기다린 것 쯤은 별거 아니야.

래프팅을 할 계획이었다. 우붓 래프팅은 아융강과 트라
가와자강 두 군데로 나뉜다. 나는 아융강보다 멀지만 90도
낙하 지점이 있어 좀 더 스릴 있다는 트라가와자강을 택했
다. 한 시간 십오 분 정도 걸려 도착한 곳에는 관광객보다
많은 래프팅 가이드가 있었다. 그들은 월급이 따로 없고
팁만으로 살아간다고 들은 얘기가 떠올랐다.

"안녕하세요 뇨만입니다."

장난기 가득한 눈을 가진 키 작은 남자가 다가와 한 손
을 내밀고 인사했다.

차에서 봤던 서양인 커플과 한 팀이 되어 보트를 배정받

으니 없던 전우애 같은 게 생겨났다. 뒤늦게 서로 아는 체하며 사진도 찍어주고 통성명을 했다. 가이드 뇨만이 말했다. "저어요! 하면 저으세요. 뒤로! 하면 뒤로 저으세요! 아셨죠? 누우라고 하면 뒤로 눕고 멈추라고 하면 멈추세요. 점핑! 하면 뛰세요! 미친 듯이! 하하하!"

나는 허름한 창고에서 뇨만이 골라준, 내 키만 한 노와 왼쪽 조임 핀이 터진 헐거운 구명조끼를 입고 푸른 강 앞에 섰다.

우리를 태운 보트는 강물을 따라 녹음이 우거진 곳으로 천천히 빨려 들어갔다. 왼쪽에는 하늘로 솟은 바위 절벽이, 오른쪽으로는 분명 잡초는 잡초인데 1미터가 넘는 거대한 풀숲이 쫙 펼쳐졌다. 한 잎 꺾으면 피그미족 조각배쯤 될 듯한 커다란 바나나 나무와 이국적인 야자수도 있었다. 울창한 수풀 사이로 금방이라도 나비족이 화살을 겨누며 나타날 것만 같았다.

물살은 내 흥을 따라오지 못했다. 붕붕붕 1초가 다르게 치솟는 흥에 비해 물살은 느려서 시시할 정도였다. 혼자

주체를 못 하고 힘껏 노를 저었더니 본의 아니게 뇨만에게 칭찬을 받았다. 빠른 물살을 만난 어귀에서 바위 절벽과 충돌하고 보트가 튕길 때, 그리고 그 반동으로 한 바퀴를 휙 돌때마다 우리는 환희의 함성을 질렀다.

어디선가 날아온 물 폭탄이 내 뺨을 후려쳤다. 일면식도 없던 다른 보트 가이드가 능청스럽게 장난을 친 것이었다. 따로 돈을 주고 배웠는지 납작한 노에 한껏 물을 퍼서 정확하게 면전에다 물 폭탄을 쏘았다. 나는 아무리 물을 퍼담으려 해봐도 노의 납작한 면으로 물이 줄줄 다 흘러내렸기 때문에 뒤늦게 호탕한 체하며 일부러 맞아주는 척했다. 그러면 그만할 줄 알았는데 나를 만만하게 봤는지 연속으로 물 폭탄을 쏴대는 바람에 아이라인이 시커멓게 번져 오리너구리가 되었다. 혹시나 지루할까 봐 손수 물을 퍼부어주는 모양이었다. 확실히 효과는 있어 보였다. 모두들 "노! 노!" 하면서도 입은 엄청 크게 웃고 있었다. 앞서거니 뒤서거니 하다 만나면 반가워서 물 폭탄, 멀어지면 아쉬워서 또 물 폭탄을 쏘아대니 모두 행복한 얼굴이 되었다. 한 시간 후 멋진 폭포가 있는 곳에서 사진을 찍으며 잠깐 쉰 다음에 하이라이트를 향해 갔다.

절벽 낙하. 멀리서만 보던 수평선이 바로 눈앞에 있는 것처럼 강물이 공중에서 사라졌다. 얼마나 길까? 너무 수직이라 앞으로 꼬꾸라져서 폭포 안에 처박히면 어떡하지? 실제로 그렇게 된 사람이 적어도 한 명은 있을 것 같은데? 그 사람…… 죽지는 않았겠지?

나는 손잡이를 꽉 쥐고 고무보트에 몸을 구겨 넣은 후 최대한 다리를 쫙 펴서 온몸을 확장시키며 보트 바닥과 혼연일체가 되고자 애썼다. 뇨만의 "홀딩 홀딩 홀딩!" 소리가 꿈결처럼 들리고 보트가 낙하를 시작했다. 내 몸이 거센 물줄기를 따라 빠른 속도로 떨어지고 있었다. 어쩐지 내 혼은 아직도 몸을 못 따라오고 저 위에 있는 것만 같은 생각이 그 짧은 순간에도 들면서 눈이 저절로 뒤집어졌다. 본능적으로 입이 네모지게 커지고 자연스레 이중 턱이 지면서 짜부라진 식빵 같은 얼굴을 하고 있는데 어느새 낙하는 끝나 있었고 먼저 마친 사람들이 보트를 기슭에 죽 정박해놓고 우리를 구경하고 있었다.

그들은 소리를 지르고 웃음을 터트리며 구체적으로 손

가락질도 하면서 적극적으로 구경하고 있었다. 나의 흉한 몰골이 우스워 죽겠다고 저 여자 좀 보라고 손가락으로 가리키며 친구한테 얘기하는 청년이 얼핏 보이는 것 같았다. 나는 황급히 짜부라진 얼굴 근육을 풀고 별것 아니었다는 식으로 괜히 노를 들고 환호하는 척을 했지만 노를 잡은 손이 벌벌 떨리고 있었다.

저쪽에 있는 몇 무리의 사람들이 보트에서 내렸다. 그들 뒤로는 좁고 경사진 계단이 있었는데 혼이 빠진 내 눈에는 흡사 〈아바타〉에 나오는 어마어마한 공중 계단같이 보였다. 뇨만이 말했다. "당신은 럭키합니다. 저들은 이제 떠납니다. 래프팅이 종료됐어요. 너무 짧네요." 그는 마치 의사가 '가망이 없습니다'라고 말하듯 눈을 감고 고개를 젓고는 "하지만 당신들은 한 시간 더 즐길 수 있습니다" 하면서 흡족한 표정을 지었다.

"저 사람들은 계단을 직접 걸어 올라가야 해요. 당신은 저 계단이 몇 개인지 아나요?" 뇨만은 바로 앞에 앉아 있던 내게 심각한 얼굴로 물었다. 모른다고 답하자 그는 마치 다섯 살 여자아이가 비밀 이야기를 하듯이 두 손을 입가에 모으고 내 귓가에 은밀하게 속삭였다.

"500개예요. 500개! 하지만 당신들은 굿 초이스! 한 시간을 더 즐기고, 래프팅이 끝나는 순간 눈앞에 픽업 차량이 있을 겁니다. 하하하!"

회사에서 그에게 정말로 월급을 주는지 안 주는지는 알 수 없었지만 상은 꼭 줘야 한다는 생각이 들었다.

우리의 가이드 뇨만은 투철한 서비스 정신으로 끊임없이 말하고 농담하고 자기 얘기에 스스로 크게 웃곤 했다. 이를테면 고래가 꼬리를 수면에 힘껏 내리칠 때 날 법한 소리가 나서 깜짝 놀라 돌아보니 잔뜩 긴장한 얼굴로 "끄로꼬다일! 끄로꼬다일!" 하며 악어가 나타났다고 했다. 이곳은 악어도 거대할 거라는 막연한 추측에 주위를 한번 휙 둘러본 나는 팔이 빠져라 노를 저었다. 그런데 이무리 생각해도 크로커다일이 너무 빈번하게 나타나는 것이다. 미심쩍어 하면서도 열심히 노를 젓다가 마침 뇨만이 납작한 노를 수면에 강하게 내리쳐 '돠악' 소리 내는 걸 포착했다. 순간 나와 눈이 마주쳤으면서도 뇨만은 그놈의 크로커다

일이 어디에 있는지 찾아내기만 한다면 당장에 목이라도 비틀 기세로 주위를 살피는 연기를 했다. 그러고는 혼자서 얼마나 우스운지 소리 내 웃었다

"래프팅 어때요? 재미있나요?"

"네 재밌어요!"

"저도 한번 물어봐주세요."

"재미있으신가요?"

"아니요! 재미없어요! 전혀! 하하하!"

어느 정도 대화를 나눈 후 좀 친해졌다는 생각이 들었는지 그는 사뭇 진지한 얼굴로 물었다. "우붓에 꽤 오래 있는 걸 보니 이곳에서 살고 싶어 하는 게 분명하군요." 조심해야 한다. 이런 질문은 나를 금방 마음 아프게 하니까. "…… 네." 우울한 목소리로 대답하는 나를 보고 "나와 함께!"라고 하더니 신나게 웃었다. 왠지 또 낚였다는 생각이 들어서 눈을 흘겼다. 그는 굴하지 않고 "우리 집에서!"라고 외치고 눈을 희번덕거리면서 혼자 우스워서 못 견디겠다는 듯 박장대소했다. 내가 진지하게 우울한 눈빛으로 쳐다보자 그는 농담이라며 황급히 수습했다. 이번에는 내가

웃음을 터트렸다.

가만 보니 뇨만은 성인 다섯 명이 탄 보트를 자유자재로 다루었다. 보트가 돌에 걸려서 팀원 전체가 아무리 엉덩이를 들썩이며 뛰어도 빠져나오지 않을 때, 혼자서 물속에 뛰어들어 보트를 끌어냈다. 보트가 거꾸로 돌아갔을 때는 자리에 앉아 뒤로 눕다시피한 후 멀리 노를 찍고 보트를 한 바퀴 획 돌려서 결국 제자리로 돌려놓았다. 그때의 진지한 눈빛은 그가 결코 농담만 하는 실없는 사람이 아님을 보여주는 것 같았다.

비가 내리기 시작했다. "수영할 줄 알아요? 이제 수영해야 해요." 마지막 구간에서 그가 말했다. 또 농담인가 싶어서 웃었는데 잠시 후, 보트를 강기슭에 고정시키며 지금당장 내리라고 했다. 뇨만은 다시 한 번 수영할 줄 아느냐고 물었다. 얼마나 깊은지 감조차 안 오는 바위 절벽 기슭으로 흐르는 시퍼런 물 앞에서 말이다. 넋이 나간 얼굴로 수영을 못한다고 했더니 그러면 구명조끼를 입고 물에 들어가라고 했다.

농담이라고 믿고 싶었으나 그의 눈빛은 진지했다. 강제 수영이라니. 그런 말은 없었는데? 당황스러웠다. 언니와 커플 팀원들은 그가 시키는 대로 심지어 구명조끼를 벗고 물속으로 용감하게 뛰어들었다. 내가 여기서 못 하겠다고 하면 민폐였다. 에라 모르겠다 하는 심정으로 물속으로 들어갔다.

나는 물 공포증이 조금 있다. 심장 높이까지 물이 차면 숨이 잘 안 쉬어지고 거기다 발도 안 닿으면 엄청난 공포에 빠진다. 예전에 친구들과 물놀이를 갔을 때 장난으로 나를 물에 빠뜨린 남자에게 욕을 한 적도 있었다. 그때처럼 또다시 패닉 상태로 빠질 참이었다. 뇨만이 엄청나게 큰 소리를 질렀다. 그 소리에 퍼뜩 정신 차리고 보니 내 몸은 잠길락 말락 하면서도 구명조끼 덕에 둥둥 떠 있었다. 발을 휘적휘적 저어봤다. 의도한 방향은 아니었지만 어쨌든 앞으로 나아가긴 하는 것 같고 최소한 물속으로 가라앉지는 않았다. 정신 차리고 보니 계곡 물이 너무도 시원하고 깨끗해서 괴상하게 상기된 표정으로 웃음이 흘러나왔다.

턱 밑까지 차오른 차가운 계곡물은 (한 번도 본 적 없지만)

해발 3000미터의 천연 암반수처럼 상쾌했다. 투명한 푸른 빛 물은 태양에 뜨겁게 익어 있던 내 발끝부터 온몸을 차갑게 휘감았다. 뼛속까지 시원하고 청량해 내 온몸이 그대로 흐르는 물길이 되어 하늘로 솟구칠 것만 같았다.

하늘에는 세 시간 가까이 한 래프팅으로 지쳐 있던 우리를 기분 좋게 적셔주는 비가 내리고 있었다. 신경 쓰일 게게 없었다. 좋은 옷, 휴대전화, 비싼 가방, 젖을까 봐 걱정되는 것은 아무것도 없었다. 쇄골 뼈 아래로는 시원한 계곡물이, 위로는 마법의 비가 내리고 있었다. 비 맞는 것이이토록 기분 좋다는 걸 이 나이 먹을 때까지 몰랐다니. 비를 제대로 즐기려면 아무것도 가지고 있지 않아야 한다. 그래야만 제대로 비와 한판 춤을 출 수 있는 것이다.

기분이 좋아서 자꾸 웃음이 터졌다. 웃음은 흐르는 강물처럼 팀원들에게도 번져서 모두가 웃음을 터트렸다. 실없이 이유 없이, 뇨만의 웃음처럼. 뇨만은 돌고래같이 빠르고 매끄럽게 수영해서 저 앞까지 갔다. 래프팅을 마친 그는 꽤 지쳐 보였지만 마지막까지 우리를 웃게 해주었다.

오늘 저와 함께해서 즐거웠나요?

오늘 저는 당신들의 최고의 가이드였나요?

미안합니다. (도대체 뭐가 미안하다는 것인가?)

저는 당신들과 점심을 먹으러 갈 수 없습니다.

우린 곧 헤어집니다.

당신들이 정말로 즐거웠다면,

저에게 팁을 주세요! 알겠죠?

한여름 밤의
축제

유난히 크고, 동그랗고, 밝은 달이 뜬 밤이었다. 새하얀 전통복 차림의 발리인들이 거리를 가득 메운 채 세리머니 행렬을 기다리고 있었다. 공기 속에는 꽃향기와 향내와 여름밤의 냄새로 그득했다. 낮의 세계가 사라지고 온통 내가 알지 못하는 것들로 꽉 차 있던, 어린 시절의 여름밤 같았다. 금방이라도 무슨 일이 벌어질 것 같은 알 수 없는 예감과 흥분이 묘하게 뒤섞여 차오르는, 신비로운 동화처럼 아름다운 한여름의 밤.

두둥두둥 둥둥둥! 환한 달빛을 뚫고 저 멀리서 북소리가 희미하게 들려왔다. 점점 가까이 다가오는 웅장한 울림이 고요한 밤공기를 진동시켰다. 내 심장도 따라 뛰었다.

드디어 행렬이 눈앞에 나타났다. 쿵. 쿵. 쿵. 북소리에 맞춰 전통복을 입은 발리인의 행렬이 끊임없이 밀려왔다. 어디선가 구름 위를 걷는 듯한 '도롱도롱' 하는 연주가 울려 퍼지고 수백 명이 쓴 우등(udeng, 두건)의 마룬색 금박이 몽환적인 달빛에 닿아 지상의 별처럼 반짝거렸다. 한 여인이 "아~ 아아~" 하고 노래 부르자 뒤따르던 여인들이 "아~" 하며 가냘픈 목소리로 마치 보드랍고 얇은 실크 천이 한 겹 덧대어지듯 소리 그림자를 만들었다. 각 행렬에는 크고 무시무시한 신의 형상이 두 개씩 불쑥 솟아 있어 마치 그들과 함께하고 있는 듯 보였다.

먼저 들어온 행렬은 사원 안으로 들어갔다. 몸에 붙는 고운 노란색 원피스와 하얀 망사 겉옷 위에 자줏빛 사롱을 묶은 여인들이 바구니를 들고 뒤따랐다. 한참 후, 마지막으로 전통악기 연주 세션이 들어오며 모든 연주가 멈췄다. 그들은 직사각형의 야외 마당에 자리 잡았다.

텅 빈 하늘에서 희미한 북소리가 울려 퍼졌다. 나무에

가려져 있던 사원 입구 안쪽 탑에서 들려오는 소리였다. 북소리가 멎자 가믈란 연주가 시작되었다. 오십 명 정도의 연주자들이 바닥에 앉아 대나무 실로폰, 철 실로폰, 징, 북, 종 그리고 꽹과리 비슷한 악기를 연주했는데 공연에서 듣던 연주와 달랐다. 공연 연주가 영롱한 음으로 부드럽고 아름다웠다면 세리머니 연주는 한층 더 강렬하고 화려했다. 금속성의 리드미컬한 선율이 자유자재로 높낮이를 오가다 돌연 멈추고 또다시 갑작스럽게 울려 퍼지며 두근거리는 내 가슴을 휘감고는 달빛 속으로 사라졌다. 자꾸 어딘가로 빨려 들어갈 것 같은 최면적인 홀림을 느끼며 멍하니 서 있는데 누군가가 내 이름을 불렀다.

누구지? 두리번거려도 수많은 인파 속 어디에서 소리가 들려오는지 알 수 없었다. 누가 날 찾겠어. 말도 안 되지. 잘못 들었다고 생각했는데 누군가 내 어깨를 툭 건드렸다. 움찔하며 돌아보니 와얀이었다. 더 깜짝 놀랐다. 굳이 따지자면 내가 그곳에 있다는 게 우붓 주민인 와얀이 그곳에 있는 것보다 더 놀라운 일이겠지만, 아까 봤던 엄청난 행렬 속에 와얀이 있었단 말인가? 그리고 그는 내 친구인가?

마치 소문난 맛집을 찾아갔는데 알고 보니 거기 사장님이 내 친구였을 때 느낄 법한 놀라움이었다.

전통 의상을 정갈하게 차려 입은 와얀은 전혀 다른 사람 같았다. 고개를 움직이며 말할 때마다 하얀 두건에 있는 금박이 반짝거렸다. 한 손은 씩씩한 꼬마 아가씨, 다른 한 손은 수줍은 꼬마 신사의 손을 잡은 와얀 옆에는 지혜로운 눈빛을 한 그의 아내가 있었다.

우붓에 처음 여행 온 마지막 날에 와얀은 내가 또 우붓에 오게 된다면 자기 가족을 소개해주겠다고 약속했었다. 오늘 그 약속을 지킨 것이다. 그는 가족을 데리고 복잡한 인파를 뚫고서 내가 있는 곳까지 와서 인사해주었다. 외국인이라고는 발리 전통복을 입은 서양인과 나뿐이었던 그곳에서 와얀을 만나, 그의 아내가 들려주는 의식의 기원에 대한 이야기를 들었다. 어쩐지 뭉클한 기분이 들어서 올려다본 하늘에는 유난히 크고 밝은 달이 동그랗게 미소 짓고 있었다.

감각을 깨우는
마법의 세계

지난번 우붓 여행 마지막 날에 작별 인사 비슷한 것을 해야겠다고 생각했다. 기념품과 물건을 이것저것 사느라 한가득인 짐을 안고 낑낑거리면서도 라이스필드를 끝까지 걸었다(그냥 라이스필드를 먼저 갔으면 됐을 텐데). 잘 있어. 안녕. 안녕. 몸통만 한 비닐봉지를 끌어안고서 한참을 그곳에 서서 작별 인사를 했다.

비가 내렸지만 또다시 라이스필드를 볼 수 있다는 생각에 신이 났다. 오두막에 있던 아주머니가 손을 막 흔들며 반갑게 인사했다. 코코넛 사먹으라고.(아주머니, 저는 아주머니가 왜 그렇게 제게 해맑은 웃음을 짓는지 그 이유를 이미 다 알고 있었어요.)

길을 잘못 들어 막다른 길이 나왔다.(그토록 소중하지만 어김없이 길을 헤맨다.) 길을 잘못 든 게 뭐가 그리 우습다고 혼자서 깔깔거렸다. 후텁지근했던 오전 공기가 걷히고 시원한 빗줄기가 나를 깊숙한 길로 재촉했다.

눈앞에 펼쳐진 평화로운 초록빛 벼가 비를 맞고 이리저리 흔들렸다. 반갑다는 손 인사 같아서 내 마음도 반가워졌다. '찹찹찹' 내리는 비, 새빨간 부겐빌레아 꽃송이, 끝없이 이어진 푸른 논밭, 거대한 나무와 야자수가 나를 맞이했다.(다른 꽃도 많았는데 이름을 몰라서 못 적는다.) 시원한 바람이 불어주면 이곳은 새로운 세계가 된다. 그때 바람이 내 안의 어떤 것을 톡 건드린다면 그날은 운이 좋은 것이다.

헤세는 말했다. "나는 나무를 숭배한다."

그 정도까진 못 되어도 나도 나무를 사랑한다. 한국 나무는 대쪽 같은 선비다. 이상과 절개를 지닌 채 고고하게 서 있다. 아마존 밀림 속의 나무는 어마어마한 고대 공룡 같다. 거대하고 경이롭지만 압도적이고 두렵기도 하다. 그에 비해 우붓 나무는 아기 공룡 둘리의 엄마 같다고나 할까.

우붓의 타마린드 나무, 잭푸르트 나무, 야자수, 여성의 아름다움을 상징하는 재스민, 노랗고 하얀 히비스커스, 새빨간 부겐빌레아 꽃이 햇살과 어우러진 광경은 경이로우면서도 자유롭고 상냥하다.(마찬가지로 수많은 나무와 꽃이 있지만 이름을 잘 몰라서 다 못 적는다.) 야자수에 알차게도 달린 호박색 코코넛 열매 대여섯 개도 그렇다.

점점 굵어지는 빗방울을 따라 마음이 낭창낭창해졌다. 거추장스러운 우산을 들고 있느라 한 손을 못 쓰는 게 불편하고 우산 속 좁은 세상도 갑갑했다. 지금 당장 빗속으로 뛰어들어 흠뻑 비를 맞고 싶은 충동이 들었다.

우산을 접고 가방에 꽂아 휴대전화를 가릴 수 있게 했다. 비를 맞아보았다. 굵은 빗방울은 금세 머리, 어깨, 손, 발을 적셨다. 나는 그것으로도 모자라서 비가 후두둑 떨어지는 하늘로 고개를 한껏 들이밀었다. 모든 것이 멈추고 모든 소리가 사라지며 스르륵 눈이 감겼다.(눈에 비가 들어갈까 봐 감은 것도 있다.)

폭! 또 터진다. 춤이라도 한판 추지 않고는 견딜 수 없을 것만 같은 기분에 몸을 주체할 수 없었다. 물웅덩이에 발을 탁탁탁 굴렸다. 기분이 좋아져서 있는 힘껏 아무 뜻 없는 괴상한 소리를 지르다 터지는 웃음소리를 막을 길이 없었다.(우붓에 와서 이런 행동을 한 적이 많았기 때문에 대수롭지 않았다.) 아. 행복하다. 행복하다는 말이 마치 아기가 배냇저고리를 입을 때 얼굴을 쏙 내밀 듯이 나왔다.

집을 공사하던 젊은 오빠들이 손을 흔들며 인사했다(어쩌면 오빠가 아니라 동생일지도). 나는 그림 그리던 할아버지를 구경하고, 분주하게 청소하는 아저씨가 있던 오두막 앞에서도 한참을 우두커니 서 있었다.

좀처럼 없는 사교성이 모처럼 봇물 터지듯 솟고 있는 이때, 누군가가 그걸 눈치채고 혹시나 불러줄까 싶어서 할 일 없이 이리저리 기웃거렸다. 하지만 아무도 안 불러줬다. 계속 따라가면 나오는 좁은 길이 중심가로 이어지는 길이라고 어느 친절한 할아버지가 얘기해주셨다. 숙소에 가고 싶지 않았지만 아무도 나를 안 불러줬기 때문에 하는 수 없이 돌아가기로 했다.

비가 와서 사방이 물 천지였다. 거대한 물웅덩이가 되어버린 길의 한쪽 벽을 500년 만에 만난 애인 대하듯 붙잡고 지나갔다. 반대편은 가파른 골짜기였기 때문이다. 덜컹덜컹 얇은 나무판자 세 개가 내 발을 지탱해주고 있었다. 좁고 꼬불꼬불한 길을 한참 걸어 나오니 중심가가 보였다. 탁 트이고, 깨끗하고, 물웅덩이도 없었지만 이내 아쉬워졌다. 두둥실 자꾸만 다시 떠오르려는 마음을 애써 붙잡아 내렸다. 마법 세계에 있다가 보통 세계로 돌아와버린 순간처럼 주위를 둘러싼 마법이 풀리고 요정들도 사라졌다. 팟! 나는 다시 우산을 폈다.

문틈은 왜
띄워뒀나요?

바퀴벌레. 그게 뭐 대단한 존재는 아니다. 하지만 그걸 눈앞에서 본다는 건 대단히 큰일이다. 비를 말리느라 방 안에 펼쳐둔 우산 꼭대기에 왕 바퀴벌레가 올라앉아 있었다. 누워 있던 나는 손 도움도 없이 벌떡 일어나 공포에 떨며 발 구르기를 했다. 끔찍한 저 바퀴벌레는 마음만 먹으면 순식간에 내 얼굴로 달려들 수도 있을 것 같았다.

이건 뭐 커도 너무 크다. 뻥 좀 보태서 탁구공만 한 바퀴가 내 우산 안팎을 활보하고 있으니 저 우산은 이제 못 쓰는 거다. 나는 한참을 꼼짝 않고 서서 바퀴의 만행을 노려보다 정신을 차리고 프런트로 달려갔다. 크툿이 와서 바퀴벌레를 잡으려고 하는데 아니 글쎄, 침대 옆 작은 서랍장에서도 또

다른 바퀴벌레가 바닥으로 툭 떨어지는 게 아닌가. 왕 바퀴 두 마리? 나는 소리 없이 절규하며 머리를 쥐어뜯었다.

크툿은 왕 쌍바퀴벌레를 향해 약을 뿌렸다. 배를 뒤집은 채 가느다란 다리 여섯 개가 간들거리는 걸 보고 있자니 아무도 없는 밤에 귀신이 내 뒷머리의 털 하나를 우주 끝까지 쭉 잡아당기는 것 같았다. 이상하다. 전에 처음 우붓에 왔을 때는 바퀴벌레 같은 건 못 봤는데(어쩌면 나의 경미한 편집증으로 인해 나쁜 일은 모조리 지우고 기억을 미화했는지도 모른다.) 이번엔 왜 보게 된 거지? 나 심심하지 말라고 찌짝과 교대해서 눈앞에 나타나주는 건가?

크툿이 돌아가고 난 뒤 욕실에 들어갔더니 눈앞에 또 뭔가가 날아다녔다. 그건 크기가 파리만 했기 때문에 눈물을 머금고 샤워기로 물을 틀어서 흘려보냈다. 순간 나는 불길한 예감이 들어서 샤워기를 내동댕이치고 방으로 달려와 휴대전화로 인터넷을 뒤졌다. 며칠 전에도 딱 그만 한 게 내게 날아온 적이 있었다. 검색 결과 그것 또한 바퀴벌레였다. 우붓의 바퀴는 날아도 다니는 거였다! 나는 그저 커다란 모기쯤으로 생각하고 그걸 손으로 잡았는데, 날아다니는 걸 잡았다고 뿌듯해하기도 했었는데, 세상에 바퀴벌레였다니! 대체 이 방에 바퀴가 얼마나 많다는 거야?

너무 싫다! 나는 오밤중에 분노의 이불 킥을 날렸다. 화장실도 못 가고 밤을 지새운 다음 날 아침, 나는 숙소 옮기는 문제를 와얀과 조심스럽게 의논했다. 와얀은 방 안에 바퀴가 서식하는 것은 절대 아니라고 단언했다(마치 바퀴벌레와 친해서 잘 안다는 듯이). 우기인 탓에 비가 매일같이 오고 문과 외부가 닿아 있어 바퀴벌레가 방 안까지 들어온 것 같다며 미안하다고 했다. 비가 엄청 퍼붓던 어제 말고는 바퀴가 나오지 않았던 게 그 증거라고 와얀이 덧붙였다.

그게 말이죠…… 그저께도 방에서 봤는데요. 저도 몰랐는데 제가 손으로 그걸 잡았더라고요?

그렇게 말하고 싶었지만 입을 다물었다. 어쩌면 그날도 억수같이 비가 왔던 건지도 모른다는 생각이 들었다. '와얀 말이 맞는 것 같아' 하고 고개를 끄덕였다. 나도 이곳을 떠나고 싶지 않았다. 와얀은 만에 하나를 위해 침대 매트리스까지 싹 빼서 약을 치겠노라 철석같이 약속했다. 그러고는 책상 밑에서 뭔가를 주섬주섬 꺼내더니 활짝 웃으면서 내가 지난번 여행왔을 때 맡겨둔 원터치 모기장을 챙겨주었다. 나는 이곳에 계속 머물기로 했다.

사실 와얀은 내가 바퀴벌레 얘기를 했을 때 약간 놀란 눈치였는데, 대왕 바퀴벌레쯤은 숙소를 옮길 만큼 결정적인 문제가 되지 않는다고 보는 것 같았다. 마지막에 와얀은 "위험하지 않아요. 그건 위험한 게 아니에요" 하면서 해맑게 결정타를 날렸다. "그 정도 바퀴벌레는 우붓의 모든 곳에 있어요!" 와얀의 말은 나를 경악하게 만들었다.

그날 저녁, 방구석에서 초록색 뱀이 나왔다고 담담하게 써놓은 금발머리 여자의 발리 게스트하우스 리뷰를 읽으며 우붓에 왔으니 이쯤은 견뎌야지, 하는 이상한 결의 같은 게 생겼다.

그런데 우붓 사람들은 도대체 왜 문틈을 띄워둔 걸까?

나는 나무로 둘러진 두 개의 유리 미닫이문에 있는 1센티미터의 틈을 바라보았다. 한국에선 방충망이 필수고, 혹시나 문에 조금이라도 틈이 벌어져 있다면 그건 부실공사라 할 수 있다. 하지만 우붓은 그렇지 않다. 화장실에서 볼 일을 보다가 창문 틈으로 버젓이 들어오는 찌짝과 눈이 마주쳐 놀랄 수 있다(내가 그랬다는 건 아니다). 얼핏 보면 유리로 막힌 곳도 자세히 들여다보면 반드시 틈이 있다. 아예 조각 장인이 예술적으로 뚫어놓은 문도 봤다. 한 잎 한 잎 조각된 꽃잎 모양의 구멍 사이로 모든 종류의 벌레가 자유롭게 드나드는 게 가능해 보였다. 카페나 식당 같은 곳은 아예 뻥 뚫려 있다. 벽도 유리문도 없이 네 개의 기둥 위에 지붕 하나 얹혀 있다.

전에 그림을 가르쳐준 카덱이 시드니에 사는 친구 집에 갔던 이야기를 해준 적이 있다. 모든 것이 즐거웠지만 깜짝 놀란 일이 있었다고 했는데 사람들이 개미나 벌레를 한치의 망설임도 없이 바로 죽이더라는 것이다. 카덱은 "1초만에요! 이렇게요!" 하고 별안간 책상을 손으로 퍽 내리치면서 눈을 굴렸다. 나는 흠칫했다.

"으응" 하고 애매하게 동조하려고 애썼지만 속으론 나야말로 벌레는 죽여도 된다고 생각하고 삼십 년 넘게 살아왔다는 사실을 깨닫고 부끄러워하는 중이었다. 이제껏 당연하다고 여겼던 것이 잔인하게 느껴졌다. 아무래도 우붓 사람들은 미물이라도 함부로 죽여선 안 된다고 생각하는 가 보다. 그러고 보면 찌짝도 좀 뭐랄까…… 귀하게 여기 는 분위기다. 최소한 친근하게 대하는 것이 확실하다. 엄청나게 쌓여 있는 찌짝 기념품만 봐도 알 수 있다. 카페든 공연장이든 요가센터든 온 천지 사방팔방 찌짝이 없는 곳 이 없지만 아무도 그걸 내쫓지 않는다. 심지어 장난스럽고 도 사랑스러운 눈빛으로 찌짝을 바라본다.

차낭과 차루만 봐도 그렇다. 신께 바치는 제물임에도 사람들은 개미와 새가 그 안에 든 음식이나 과자를 먹는 것을 보고도 쫓지 않는다. 물론 일일이 쫓기가 귀찮은 것인지도 모른다. 하지만 양식을 나눈다는 의미가 있는 게 아닐까 하는 생각이 든다.

발리 전통 건축에는 신성한 철학이 깃들어 있다고 한다. 그중 하나가 몽키 포레스트 팸플릿에 적혀 있던 '트리 히타 카라나'인데 발리인들은 집을 지을 때조차 인간과 자연과 신의 조화로운 관계를 추구하는 것이다. 그들의 종교,

생활 방식, 공동체 의식, 공간 개념이 발리 건축에 깊이 스며들어 있고 사원의 방향, 부엌, 화장실의 위치까지도 그 철학에서 나온 건축법에 의해 엄격하게 지켜지고 있다고 한다.

그러니 문틈도 그냥 띄워두지 않았을 것이다. 그 1센티미터의 문틈에는 아무리 미물이라도 함부로 죽이지 않고 더불어 살아가고자 하는 발리인의 마음이 담겨 있다는 생각이 들었다.

어느 날, 저녁을 먹고 집에 돌아오는 길에 두꺼비같이 생긴 제법 큰 도마뱀이 내 방문 앞에서 울고 있었다. 화들짝 놀라서 스타카토 스텝으로 뒷걸음질을 쳤다. 크툿이 쫓아주면서 그건 토켁(tokek)이라고 하는데 토켁의 울음소리를 일곱 번 연속으로 들으면 행운이 찾아온다는 전설이 있다고 얘기해줬다. 아무리 그래도 두 번은 안 봤으면 싶었다.

바로 이틀 뒤였다. 아이스크림을 먹으면서 방에 들어오니 책상 옆 빈 벽에 검은 뭉치가 붙어 있었다. 너무 커서 무슨 모형인 줄 알고 손으로 만져볼 뻔했다. 왕거미였다.

이번엔 뻥 하나 안 보태고 쫙 펼친 성인 손바닥 크기였다. 거미가 기다란 발을 휘적거리며 움직이는 순간, 아이스크림이고 뭐고 다 내던지고 괴성을 지르며 프런트로 달려갔다. 황급히 마데를 데리고 돌아왔는데 아 글쎄 거미가 감쪽같이 사라지고 없는 게 아닌가?

설마. 아닐 거야……. 끔찍한 기분으로 욕실 문을 열어젖혔다. 한 바퀴 빙 둘러봤다. 없었다. 그래, 있을 리가 없지. 욕실 문은 내가 나올 때마다 열쇠로 잠그기까지 하니까. 그런데 바로 그때, 변기 뒤에서 어마무시한 거미가 섬뜩하게 나를 노려보고 있었다. "으어어어억!" 괴성을 지르며 기이한 모양새로 뒷걸음질 쳤다. 기절초풍할 노릇이었다. 마데가 쓰레기통을 툭 쳤고 거미가 앞으로 팍 튀어나왔다. 정말 빨랐다. 나는 분명 거미에게서 시선을 뗀 적이 없는데 거미의 움직임이 보이지 않았다. 무시무시한 거미가 또 어디론가 순간이동을 하려고 했다. 마데가 용감하게 달려들더니 처단했다. 나는 나라를 구한 것처럼 뿌듯해하며 나가는 마데를 처절하게 붙잡고 말했다.

"방! 방! 방! 한 마리 더 있어요. 나 욕실 문 잠갔어요.

문틈 좁습니다. 어떻게? 거미 지나가죠? 큰 거미? (순간이 동을 하지 않고서야) 불가능해요. 컸어요! 이만큼요! (한 손으로 다른 손 팔목을 잡고 잡힌 손의 다섯 손가락을 쫙 펴서 미친 듯이 흔들었다. 거미가 내 손바닥만큼 컸다고 강조하고 싶었다.) 방 안에 한 마리가 더 있을 거예요!"

개떡같이 말해도 찰떡같이 알아들은 마데는 침착하게 말했다.

"거미는 자기 몸을 이렇게(양쪽 손바닥을 세우고 점점 좁게 모으더니 포갰다.) 얇게 만들어서 욕실 문틈으로 들어갔을 거예요."

순간, 나는 몸을 그렇게까지 얇게 만들어서 좁은 틈을 지나간 왕거미를 상상하다 소름이 끼쳐서 온몸이 부들부들 떨렸다. 발리니즈의 예쁜 마음이고 뭐고 나는 만사가 다 싫어졌고 한참을 서서 문틈을 바라보며 원망했다. 도대체 이렇게 만들 거면 문은 왜 달려 있는 거야? 큰 곰을 막기 위해서인가? 그날 밤은 거미도 밉고 문도 밉고 다 미웠다. 와얀 말이 맞았다. 손바닥만 한 거미를 보고 나니 왕바퀴벌레쯤은 아무것도 아니었다.

나만의
미술관 투어

아르마 미술관_우붓에선 누구나 예술가

예술가들의 마을로 유명한 우붓의 가정집에는 사원과 조각상, 아름다운 정원이 있고 거리 전체는 꽃과 나무로 꾸며져 있다. 미술관에도 아름다운 정원이 있다. 웰컴 주스의 과일 조각마저 작품 같은 우붓의 미술관에서는 회화, 전통 염색, 조각, 은공예, 전통 춤, 요리, 점성술 등 다양한 클래스가 진행되고 있어 누구나 1일 예술가가 될 수 있다. 나도 은공예 수업에서 가족 이름을 새긴 반지를 만들었고 회화 수업을 들었다.

아르마 미술관에 처음 간 날이었다. 늦은 시간이라 아무도 없었는데 호랑이와 악마들의 대형 그림을 보며 홀로 덩

그러니 서 있자니 조금 오싹했다. 그러다 발리 여인들이 그려진 그림을 봤다. 아름다웠다. 반얀트리는 그림 속에서도 거룩하고 신성하고 거대했다. 그날 나는 미술관을 통째로 빌린 것 같았다.

루브르에 간 적이 있다. 수많은 작품들을 보고 또 보다가 지치고 말았다. 생각보다 소박한 크기의 모나리자 그림 앞에는 사람들이 너무 많아서 아무리 기다려도 가까이에서 볼 기회가 없었다. 멀리서 형체만 보는 것으로 만족해야 했다. 나는 회화 양식이나 예술에 대한 전문 지식은 없지만 루브르의 작품만큼이나 이곳의 작품들이 매력적이라고 감히 생각해봤다.

아리스토텔레스는 예술을 자연의 모방이라고 했다. 예술이란 신께 바치는 의식이나 제물로 시작되어 자연을 모방하기도 하고 작가의 감정이나 사상을 표현하는 도구로써 아름다움을 담아낸 것이 아닌가? 작품을 통해 작가의 정신을 느끼고 또 내 안의 어떤 것을 자극시켜 교감할 수 있게 하는 통로가 아닌가? 하지만 언젠가부터 예술이란 전문적이고 학문적인 것 그리고 내가 감상하는 것이 아니라 누군가의 해설서에 의존해 주입하는 식이 되어버린 것 같다. 그래서 예술의 이응도 모르는 나는 아름답다고 느낀 작품을 보고도 아름답다고 말하기조차 조심스러웠다. 실컷 책이나 그림에 대한 대화를 나누다가도 상대방이 그 분야의 전문가임을 알게 되면 입을 꾹 다물게 되는 것처럼 말이다.

우붓에선 농부도 예술가라는 말을 했던가? 아침 일찍 일을 나가서 세 시간쯤 벼를 베고 돌아온 농부가 그때부터 나무를 깎아 코끼리를 만들고 기린을 만들고 그림도 그린다. 길 가다 거대한 캔버스에 그림을 그리는 검게 그을린 할아버지를 만난 적도 한두 번이 아니다. 그뿐인가? 공사판에서는 석공이 벽돌 한 장 턱 얹듯이 아무렇지 않게 놀랍도록 정교하고 세밀한 조각을 하고 있다. 옆에서 서양인 할머니가 감격스러운 눈으로 동영상을 찍기에 나도 용기를 내서 양해를 구하고 우붓의 흔한 석공의 모습을 동영상과 사진으로 담았다.

한번은 길가에 트럭이 있어서 보니 노란색 바탕에 알록

달록한 꽃무늬가 그려져 있었다. 빛바래고 낡긴 했으나 틀림없는 꽃무늬였다. 나중에 그것이 쓰레기 운반용 트럭이라는 걸 알게 되었다. 나는 아주 감탄했다. 설마 꽃무늬 쓰레기 트럭이 나를 행복하게 할 줄은 몰랐기 때문이다. "이 집에 달린 등이 참 예쁘네" 하고 보니 깨진 녹색 술병을 작은 은색 그릇으로 고정시켜 전구를 꽂아놓은 것이었다. 하다못해 게스트하우스 조식을 오이로 홍고추로 장식해놓은 걸 봐도 탄성이 절로 나온다.

작고 소소하지만, 가장 가까이에서 우리 일상을 아름답게 하는 그런 것들이야말로 진정 아름다운 예술이 아닐까? 그런 아름다움을 통해 느끼는 어떤 영감 비슷한 것이야말로 오랜 여운을 남기는 게 아닐까? 이들에게 예술은 어떤 특별한 안드로메다의 것이 아니라, 일상생활 깊숙이 자리하고 있다. 이곳은 우붓이다. 농부도 평범한 일용직 노동자도 우붓에선 누구나가 예술가다.

네카 미술관_아릿한 슬픔
대부분의 작품 속 모델의 표정이 하나같이 어둡고 우울

하다. 무표정한 그들의 눈빛은 나를 가라앉게 했다. 발리 미술의 르네상스를 일으켰다는 서양 화가의 작품 속 소녀들의 누드화는…… 많아야 열두 살 남짓한 어린 소녀의 누드화를 보았을 땐 심하게……. (이만 줄이겠다.)

한편 발리인들의 그림은 신화를 바탕으로 한 작품이 많았다. 발리 생활 모습을 담은 작품도 다수였는데 그런 그림 속에는 거의 언제나 관광객이 있었다. 뾰족한 코, 그 코보다 더 긴 카메라를 들고 우스꽝스러운 자세로 사진을 찍어대는 모습은 그림 속에서도 주변과 조화를 이루지 못하고 있었다. 그리고 그들 곁엔 머리에 제물을 이고 걸어가며 눈을 흘기는 발리 여인이나 입을 삐죽거리는 발리인이 그려져 있었다.

나도 그런 그림을 볼 때마다 관광객으로 이곳에 있는 것이 왠지 미안해졌다. 아직도 우리는 그들에게 불청객일까? 맨 처음, 말도 안 통했을 상황에서 카메라를 막 갖다 들이미는 건 생각만 해봐도 기분 나쁜 일이다. 이곳 사람들은 어쩌면 네덜란드, 일본의 지배 후 외국인이라면 다 똑같이 보여서 진절머리가 났을지도 모른다.

유럽 강대국의 식민지 지배가 유행처럼 번지던 1906년, 우붓에서 한 시간 거리인 사누르 해변으로 네덜란드 군사가 쳐들어왔다. 네덜란드 군대가 왕궁에 도착했을 때 북소리가 울려 퍼졌다. 하얀색 전통복을 입은 왕과 사제, 귀족, 여인, 그리고 아이가 포함된 조용한 행렬은 네덜란드 군대로부터 조금 떨어진 곳에서 멈추었다. 가마에서 내린 왕이 신호를 보내자 성직자가 왕의 가슴에 단도를 찔렀다. 그러자 행렬의 왕족과 귀족, 주민들이 스스로에게 칼을 찔렀다.

그들은 항복 대신 자살을 택한 것이다. 아비규환 속에 쌓여가는 시체와 자신의 몸을 난도질하는 광경은 대량 학살보다 더 참혹했다고 한다. 발리 역사에 지울 수 없는 상처로 남은 이 푸푸탄(Puputan) 사건으로 네덜란드는 국제적인 비난을 받았지만 그렇다고 식민지 지배를 멈추지는 않았다.

가슴이 뻐근할 정도로 아팠다. 온화한 성품의 발리인들이 집단 자살을 할 수밖에 없었던 당시의 상황이 몸서리날 만큼 충격적이고 슬프고 아팠다.

독수리만 한 앵무새 세 마리가 횃대 위에 앉아 있다. 노르스름한 자위에 박힌 까만 눈동자와 날카로운 발톱이 번득였다. 나는 언저리에 서서 재빨리 사진을 찍었다. 누가 봐도 '저 여자 겁을 먹고 있어'라고 말할 만큼 일그러진 미소를 지으면서.

블랑코. '발리의 달리'라 불리는 그의 화려한 집은 미술관이 되었다. 웅장한 계단 난간 위로 용이 조각되어 있었다. 그 거대한 용이 벌린 아가리만큼 나도 입을 크게 벌리려고 애쓰는 사진을 한 장 찍고 흡족한 마음으로 돌아서니 위에서 안내원이 나를 내려다보고 있었다. 그는 눈에 띄게 어색한 표정으로 미술관 내부는 사진 촬영을 할 수 없다고 말했다. 내가 용만큼 입을 벌리려고 기를 쓰고 사진 찍는 모습을 처음부터 다 본 것이 틀림없었다. 그는 대신 입구에선 괜찮다면서 손수 찍어주겠다고 제안하며 사진을 몇 컷 찍어주었다. 마음씨 착한 발리 청년이었다.

블랑코는 여성의 몸을 '신이 만든 최대의 걸작'이라고 평가했다고 한다. 그의 작품 대부분은 상체나 전신을 노출

한 여성들을 그린 것이었다. 그는 자신의 부인과 딸을 모델로 쓰기도 했다고 한다.

미술적 소양이 짧은 나에게도 나름의 감상법이 있다.

그림 크기에 따라 다르지만 처음엔 보통 네 걸음 정도 떨어진 곳에 서서 그림의 전체적인 느낌과 분위기를 본다. 저 그림을 그릴 때 작가는 무슨 생각을 했을까? 무엇을 표현하고자 했을까? 내 맘대로 생각한 후, 내 안에 있는 것과 섞어서 또 내 맘대로 상상한다. 그러니까 제멋대로 감상법이라 할 수 있다.

그런 다음 가까이 다가가서 본다. 질감은 거친지 부드러운지, 선은 흐릿한지 선명한지. 모델의 눈동자라든지 발그레한 볼이라든지 맨들맨들한 어깨선이라든지 특별히 내 눈길을 끈 부분을 자세히 본다.

마지막으로 사진의 제목과 설명을 살펴본다. 내가 상상하고 생각한 것이 설명과 얼추 비슷하면 그저 그렇다. 아예 다르면 매우 기쁘다.

그런데 블랑코 그림은 가까이서 들여다보기가, 바짝 다

가가서 유심히 보기가 망설여졌다. 그러다 다른 사람과 눈이라도 마주치면 왠지 뭔가 변명해야 할 것 같은, 변명하고 싶어질 것만 같은 기분이 들었다. 나도 모르게 나는 블랑코 미술관 안에서 사람들을 피해 다니고 있었다. 그림은 몽환적이고 아름다웠다. 다만 그 수위가 보면 볼수록 높아지는 것 같은 착각이 들었다. 사실 나는 누드화도 아름답다고 생각하고 에로티카 작품도 나쁘다고 생각하지 않는다. 하지만 우붓 미술관 작품 속 모델이 발리 소녀일 때는 좀……. (이만 줄이겠다.)

아내와 찍은 사진도 있었다. 그들에겐 영화 같은 러브 스토리가 있다고 한다. 블랑코는 어린 소녀였던 레공 댄서를 보고 사랑에 빠져 그녀와 결혼했다. 하지만 내겐 그 영화 같은 이야기조차……. (이만 줄이겠다.)

마이클 잭슨까지 다녀갔다는 이곳에서 블랑코의 독사진을 바라보았다. 블랑코가 튀어나온 눈을 치켜뜨며 뭔가에 홀린 사람처럼 나를 노려보고 있었다. 괜히 나도 모르게 못 볼 것을 본 것처럼 서둘러 도망치듯 그곳을 빠져나왔다.

그림 하나가 다가왔다. 만다라였다. 미술관 한 벽을 가득 채운 캔버스의 가장 자리를 따라 둥글게 그려진 큰 원이 마치 거대한 푸른색 뱀처럼 푸르스름하게 빛났다. 밖으로는 수많은 악마 형상이 가득했다. 한껏 벌린 아가리 속 뾰족한 이빨. 인간의 머리가 달린 뱀. 미간을 찌푸린 뱀 얼굴에 달려 있는 사람 귀. 그 안의 또 다른 원에는 연꽃 위에 앉은 선녀와 구름 위에 앉은 성인이 희미한 미소를 띠며 가부좌를 틀고 있었다. 하지만 그것은 성스럽고 숭고한 성자만의 명상이 아니었다. 바로 옆에는 온 몸에 부스럼이 가득한 존재가 뾰족한 송곳니를 드러낸 채 가부좌를 틀고 두 손을 모아 합장하고 있었다.

꽃과 나비와 나뭇잎이 초록빛으로 또 하나의 원을 그리며 그들 모두를 감쌌다. 달빛처럼 조용하고 하얗게 빛나는 정중앙의 원에는 네 명의 신인지 악마인지 모호한 존재들이 눈을 감고 있었다. 온갖 악과 혼돈 속에서 그토록 평온한 얼굴로 명상에 빠진 것이다. 악과 공존하면서도 초월한 삶. 그림이 내게 그렇게 말하고 있었다. 뇌를 따라 의식을 따라 생각을 따라서.

　도저히 감당할 수 없을 것 같은 파괴적인 생각과 부정
적인 감정도 언젠가는 결국 가라앉는다. 기다릴 뿐 그것에
화내고 맞서 싸울 필요는 없다. 선이 있다면 악이 있다. 최
고점과 최저점으로 드러내기에 보지 못할 뿐이다. 악과 혼
돈 속에서도 평온한 미소를 짓고 명상하는 법을 배우고 싶
었다. 내 안의 두 세계에서 들려오는 소리 모두를 들어야
하고 죽음으로 탄생하는 커다란 청빛 뱀처럼 상반된 것들
을 동시에 끌어안아야 한다.

흔히 볼 수 있는
다섯 가지

제주에 삼다(三多)가 있다면, 우붓는 오다(五多)가 있다. 이건 물론 내가 지은 거라 정확하다고 말하긴 어렵지만 말이다.

다섯 가지 많은 것 가운데 첫 번째는 오토바이다.

오토바이가 정말 많다. 우붓은 길이 좁고 지하철도 없고 고속도로도 없는 데다 무지하게 덥다. 그러니 차보다 오토바이가 많은데 우붓의 모든 사람이 1인 1오토바이가 있는 것 같다.

둘째, 호객 행위를 하는 택시 기사가 많다.

길을 가면 생전 처음 보는 남자가 발리 특유의 정겨운

억양으로 해맑게 웃으며 "택씨이?" 한다. 십 분 걸어서 우붓 왕궁을 간다면 이 말을 스무 번쯤 들어야 한다. 배경 음악 수준이라고 본다. 멀리 길 건너편에서도 놓치지 않고 큰 글씨로 'taxi'라고 적힌 종이를 막 흔든다. 거절해도 희망에 부푼 눈빛으로 해맑게 "메이비 투모로우?"라고 한다. 처음엔 적잖이 놀랐지만 나중엔 제법 눈 맞춰가며 "노 땡큐" 하는 여유가 생겼다.

셋째는 화장실 변기 옆에서 볼 수 있다.

처음에 변기 옆에 달린 작은 샤워기를 보고 용도를 알 수 없었는데 알고 보니 수동 비데였다. 일을 보고 나서 샤워기로 씻는 것이다. 처음엔 매우 당황스럽고 이상하다고 생각했다. 하지만 이들은 오히려 휴지로만 닦고 깨끗한 척 하는 걸 더 불결하게 생각한다고 한다. 맞는 말이다.(물론 요즘 한국에서는 자동 비데를 많이 쓰지만 말이다.) 변기 옆의 작은 샤워기를 볼 때면 여전히 어색하긴 하지만 그래도 처음 봤을 때처럼 이상하다는 생각은 들지 않는다.

넷째, 꽃과 나무가 많다.

두말하면 입 아프다. 거리 전체가 조각상과 꽃과 나무로 가득하다. 조금만 외곽으로 나오면 울울창창한 산림이 나오는데 그곳이 진짜 우붓이다. 온통 초록으로 둘러싸인 그곳은 아름답고 신성하다. 두 번째 우붓에 왔을 때 조금 겁이 났다. 고작 6개월 사이에 달라진 곳이 꽤 많았기 때문이다. 아무것도 없던 자리에 못 보던 가게가 생겼고, 뭔가를 짓기 위해 공사 중인 곳도 많았다. 너무 급격하게 변하는 모습을 보면서 우붓이 본래의 모습을 잃고 흔한 관광지가 되지 않기를 간절히 바랐다.

다섯째, 장기 여행자를 흔히 볼 수 있다.

우붓과 사랑에 빠지는 사람은 나 말고도 많이 있었다. 특히 로컬 식당에 가면 장기 여행자들을 쉽게 만날 수 있다. 은퇴한 노인, 혼자 여행 온 여자도 있었고 현지인과 사랑에 빠진 운 좋은 사람들도 있었다. 그들은 오토바이를 타고 로컬 식당에서 밥을 먹고 현지어로 이야기했다. 로컬 식당의 테이블은 간격이 좁아서 본의 아니게 그들의 대화를 들었던 적이 몇 번 있다.(듣고 싶은 마음도 분명 있었다.) 대화를 나눈 적도 있다. 꽃무늬 셔츠를 입고 있던 백인 할아버지였다. "당신은 운이 좋네요. 난 이곳에 너무 늦게 왔어요." 할아버지는 웃으며 아얌 고렝(닭다리 튀김) 접시에 오이 하나를 손으로 집어 와삭와삭 소리 내어 먹고는 혼잣말처럼 말했다. "당신이 정말 부럽군요."

잊을 수 없는
나방의 날갯짓

　'여름'이라는 단어는 나를 묘하게 설레게 한다. '밤'이라는 단어도 그렇다. 두 단어가 합쳐진 '여름밤'은 그 합만큼 더 설렌다. 어렸을 때부터 그랬다. 여름날의 밤이면 뭔가 신나는 일이 벌어질 것만 같았다.

　저녁 8시 정도였다. 갑자기 옥수수가 너무 먹고 싶어서 밖으로 나간 게 그쯤이었다. 그날 밤은 뭔가 신비롭고 흐릿한 동화 속 세계 같았다.

　그런데 이게 뭐야? 소름이 쫙 돋았다. 길에는 너무나도 많은 찌짝과 정말로 많은 두꺼비가 있었다. 그것들이 그날 밤의 신비롭고도 기이한 분위기를 한층 더 고조시켰다.

　고양이가 울었다. 매일 밤 그렇게 울어댔다. 밤이 되면 아주 마음 놓고 우는 모양이었다. 마치 히스테릭한 여인의 울음소리 같았다. 어둠속을 더듬거리며 걸어가는데 눈앞에 기이한 광경이 벌어졌다. ○○호텔 가로등이 뿜어내는 노란 불빛을 따라 수많은 나방이 날개를 퍼덕거리고 있었다. 우아한 날갯짓이 아니라 치열한, 날갯짓 하나에 생사라도 걸린 듯한, 어딘지 모르게 섬뜩함이 느껴지는 날갯짓이었다.

뭐야? 오늘 참 이상한 밤이네. 길 건너 행상으로 가서 옥수수를 주문했다. 노란 옥수수가 불에 타닥타닥 익어가며 풍기는 진한 버터 향이 나를 기대에 차게 했다. 무심코 옆을 슬쩍 본 그때. 머리에서부터 발끝까지 퍼덕거리는 나방 수십 마리에 둘러싸인 발리 청년이 나를 지켜보고 있는 것이 아닌가? 나와 눈이 마주치자 그는 미소까지 지었다. 너무 놀라서 눈을 뗄 수 없었다. 순간 수십 마리의 잿빛 나방이 전구의 노란빛과 만나더니 은빛으로 빛났다. 동시에 그 은빛 환상이 내게 훅 스며서 수많은 나비 요정에 둘러싸인 청년이 위로 날아오를 것만 같았다.

행상 아저씨가 손으로 나방을 휘휘 쫓으며 다 구워진 옥수수를 내밀었고 나는 어처구니없는 환상 속에서 빠져나왔다. 옥수수에 꽂힌 나무젓가락을 꼭 쥐고 숙소로 뛰었다. 갈수록 태산이라는 말은 이럴 때 쓰는 건가? 게스트하우스의 프런트 사방으로 나방 떼가 앞 다퉈 전등으로 뛰어들고 있었다. 바닥에는 날아다니는 수보다 더 많은 나방 사체가 널려 있었다. 서로 부딪혀 날개가 부러져 죽고 불빛에 눈이 멀어 죽은 것 같았다. 하얀 바닥에 거무튀튀한 나방들이 빼곡히 널려 있었다. 끔찍했다.

오늘은 정말 이상한 밤이다. 방에 들어와 문을 닫았다. 그리고 생각했다. 달의 영향일까? 별의 영향일까? 닫힌 유리문을 가만히 바라보았다. 나방 한 마리가 날아와 유리문에 부딪혔다. 툭 하는 소리가 나고 나방은 바닥으로 떨어졌다. 바닥에서 동그랗게 돌다 다시 날아서 몸을 유리창으로 던졌다. 툭. 바닥으로 떨어졌다. 이번엔 한동안 꼼짝도 못하다 드르르륵 문가를 따라 붙어서 날았다. 그러고는 유리창에 처박히고 이내 바닥에 떨어졌다. 나는 퍼뜩 정신을 차리고 재빨리 방 불을 껐다. 툭. 툭. 툭. 세 번의 둔탁한 소리와 잿빛 나방의 애처롭고 처절한 날갯짓은 내 안의 어떤 것을 건들었다. 그들은 무엇을 위해 태어나, 무엇을 위해 그토록 애타게 불빛을 향해 날아가고, 죽어가는 걸까?

나방은 빛을 향하는 본능, 주광성을 가진다고 한다. 달빛으로 방향을 가늠하는데 수많은 불빛이 나방을 혼란에 빠뜨린다. 달빛을 따라 나란히 날아야 하는데 불빛을 달빛이라고 착각하니 동그랗게 뱅글뱅글 도는 것이다. 가로등 불빛은 달빛이 아닌데 나방은 모른다. 불빛은 가짜다. 착각이고 헛된 욕망이다. 평생 가로등 불빛이 달빛인 줄 알고 날갯짓하다 죽어버렸다.

문득 나도 달빛처럼 보이지만 달빛이 아닌 것을 쫓고 있는지도 모른다는 생각이 들었다. 아니, 무언가 제대로 쫓아본 적은 있었나? 나방은 달빛과 닮은 것을 향해 목숨 바쳐 날갯짓을 한번 해본 것이다. 적어도 빛을 향해 자신을 내던지는 삶을 산 것이다. 나방의 빛만큼 강렬한 이상을 쫓아서 그런 필사적인 행위를 내가 해본 적이 있었나?

날갯짓 한두 번 하다 포기하고 어둠에 갇혀 살다 죽진

않아야 할 텐데. 전등 빛을 달빛이라 착각하고 살다 죽지
는 않아야 할 텐데. 신비하고, 기이하고, 서글픈 밤이었다.

내가 평생 함께할 사람은
바로 나

문득 쇼윈도에 비친 내 모습이 처량해 보였다. 기념품 가게의 손잡이에는 '비 해피(Be happy!)'라고 적힌 작은 팻말이 달려 있었다.

절대로 하고 싶지 않은 얘기를 고백해볼까 한다. 나는 관계가 힘들 때가 있다. 인정하고 싶지 않지만 어쨌든 그건 어느 정도 사실이다. 뭔가 잘못된 거다. 어디서부터 잘 못된 걸까? 사실 나는 호불호가 강하지만 우유부단한 사람처럼 굴었다. 내 의견 따위 존재하지 않는 듯 상대에게 100퍼센트 맞추려 노력했다.

"다 좋아요"는 내가 입버릇처럼 하는 말이었다. 나는 나 자신을 완전히 없앴다. 사회생활과 인간관계는 그렇게 하는 게 가장 현명한 방법이라고 생각했다. 일일이 부딪혀 모난 인상을 주고 싶지 않았고 좋은 사람이 되고 싶었다. 누군가에게 작은 상처도 주고 싶지 않았다. 상처받고 싶지 않은 만큼이나 상처 주는 것이 두려웠다. 그럴 바에 내가 상처받는 게 나았다. 혹시라도 다른 사람에게 상처를 줄까 봐 모든 말과 행동을 신경 썼다. 말을 하기 전에 항상 전 전긍긍했고, 자기 전에 하루를 되돌아보며 다시 곱씹었다. 그러면서 어느 순간 의견을 나누고 조율하는 행위 자체가 피곤하게 된 건지도 모르겠다. 어쩌면 상당 부분은 착한 척하느라 피곤했던 것 같기도 하다.

아프고 나서 이제는 그만해야 한다고 생각했다. 내가 나에게 경고하고 있다는 생각이 들었다. 내가 평생 함께할 사람은 다름 아닌 나 자신이라는 사실은 생각보다 나를 더 놀라게 했다. 영국 드라마 〈스킨스Skins〉에 나오는 크리스는 밝고 유쾌하다. 약물중독에다 함부로 말하고 막 살아가는 아무 생각 없는 아이처럼 보이지만 알고 보면 가장 슬픈 캐릭터다. 크리스는 말했다. "F○○king do it! 그들이 날 사랑한다면 이해하겠지." 그 말, 나한테 하는 말 같았다. 어떤 행동을 해도 나를 싫어할 사람은 싫어하고 나를 사랑할 사람은 사랑할 테니 그냥 마음 가는 대로 하라고. 있는 그대로의 자신을 인정해주는 한 사람만 있어도 그 사람의 인생은 성공한 것이라고 하지 않던가. 정말이지 그 정도면 충분하지 않을까?

풍선 한쪽을 있는 힘껏 누르면 터지고 만다. 한쪽 세계에서 자신을 억압한 부작용으로 나는 가까이에 있는 사랑하는 사람들에게 상처를 줬다. 전에 만나던 남자 친구나 가족에게 별것 아닌 일에도 화내고 짜증을 냈다. 별로 중요하지 않은 사람들 때문에 정작 소중한 사람들에게 왜 그렇게 구는지 알 수 없는 일이었다.

언젠가 '걱정마세요~'라고 하는 보험회사 광고가 TV만 틀면 나온 적이 있었다. 못생긴 배추같이 생긴 것이 눈, 코, 입을 달고 나와 '보험을 드세요! 그러면 당신이 할 걱정 우리가 다 하겠어요!'라는 식으로 말하며 걱정 자체가 존재 이유인 걱정인형. 걱정인형은 걱정도 하루 종일 할 것이다. 언니는 나를 걱정인형이라고 불렀다. 처음엔 웃겼다.

나중엔 슬퍼졌다. 나는 걱정도 너무 많았다. 실수하면 어쩌지? 이런 일이 일어나면 어쩌지? 안 일어나면 어쩌지? 쓸데없는 걱정으로 가득한 늪 속에서 허우적거렸다. 나는 그 방면에 유능한 것 같았다. 최악의 상황에 대해 시나리오를 쓰고 감독했고 머릿속 시뮬레이션이 자동으로 돌아갔다.

'어찌됐건 일단 한번 벌어지기만 하면 최악으로 펼쳐 보일거야!' 모든 사소한 일이 주인공이 되어 나를 협박했다. 작은 두려움은 곧 무시무시한 몸체가 되어 내 안에 갈고리를 콱 걸었다. 어느 순간부터 나는 그 갈고리에 질질 끌려다니고 있었다

"예민하지 않은 사람이 있나요?"

화난 모습 한 번 보인 적이 없었던 전 직장 상사가 그렇게 말한 적이 있다.

"일일이 표현하지 않을 뿐이에요. 그래서 내 남편만 고생이죠." 그녀는 장난스럽게 덧붙였다. 감정을 느끼는 인간인 이상 모두가 예민할 수밖에 없다고 했다. 알고 보면 예민하지 않은 사람이 없듯, 모난 부분 없이 완벽한 사람

도 없을지 모른다. 그런 의미에서 모든 사람은 어느 정도 닮아 있는지도 모르겠다.

발리에선 화내는 것이 금기시된다고 들었다. 누군가 화를 내거나 언성을 높이면 정신적인 문제가 있는 것으로 취급되니 말할 때 허리춤에 손 올리는 것조차 주의해야 한다는 글을 인터넷에서 읽은 적이 있다. 그게 정말 사실이냐고 크툿에게 물어보았는데 그는 가만히 생각하다 천천히 말했다.

"이곳 사람과 당신이 사는 곳의 사람, 다 비슷해요."

'예, 아니요' 직접적인 대답은 아니었지만 그것만큼 정확한 답이 없다는 생각이 들었다.

이곳 사람들은 모두 화내지 않고 여유 있고 평화로울 거야. 그래서 이곳에 오면 나도 그렇게 될지도 모른다고 생각했다. 하지만 평화롭게만 보이는 이곳에도 아픈 사람이 있고 화난 사람이 있고 슬픈 사람이 있었다.

띠링. 알라딘 바지를 입은 여자가 기념품 가게 문을 열고 안으로 들어갔다. 문이 닫히면서 손잡이에 달린 'Be happy' 문구가 달랑거렸다. 쇼윈도에 비친 내 모습을 바라보며 "이—" 하고 입을 크게 벌려 웃어보았다. 그래. 괜찮다. 주문을 외웠다.

최면 걸듯 홀리는
케착 댄스

공연을 보기 위해 푸라 달렘(Pura Dalem) 사원으로 가려면 십 분쯤 걸어야 한다. 하나로는 부족할 듯해 땅콩 사테와 옥수수를 사서 양손에 움켜쥐고 먹으면서 걸었다. 사람들이 날 쳐다보든 말든 왠지 모를 해방감이 들어서 기분이 좋았다. 이런 건 우리나라에서도 한 번도 못 해봤는데 타인의 시선에서 자유로워진 것 같아 괜히 벅차기까지 했다.

입구에 도착해 왼쪽 나무 계단을 올라가니 공연장은 벌써 사람들로 꽉 차 있었고 무대 중앙은 일곱 개로 뻗어 나온 창 모양 촛대에 불길이 일렁이고 있었다. 뒤로 좁은 문이 있고 빨간색 의자가 두 줄로 무대를 빙 두르고 있었다. 나는 그 바깥쪽에 둘러진 녹색 철제 의자에 앉았다.

형광빛의 분홍색 드레스를 입은 여성이 새까만 생머리를 찰랑거리며 무대로 걸어 나와 관중석 쪽을 바라보고 섰다. 숨죽여 보는데 여자가 우아하게 팔을 들더니 촛대를 배경으로 셀카를 찍었다. 플래시가 번쩍하고 터지며 훤히 드러난 자기 얼굴을 모든 관중이 주목하고 있다는 걸 알면서도 그녀는 45도로 턱을 당기고 셀카용 미소를 지었으며 손가락 브이까지도 잊지 않았다. 관중은 자연스레 병풍이 되었다. 자리로 돌아간 그녀는 일행과 마치 고함치듯 중국어로 얘기하고 크게 웃었다. 자기 집 안방이 아니고서야 나오기 힘든 편안함과 당당함이 엿보였다. 저 여자는 타인의 시선 같은 건 아무렇지 않은 진정한 자유인이구나. 나는 좀 전에 고작 사테와 옥수수 따위로 타인의 시선, 자유 운운했던 것이 매우 부끄러워지고 말았다. 분발해야겠다는 생각이 들었다.

북소리가 울렸다. 상의를 벗고 흑백 체크무늬 사롱만 입은 남자들이 좁은 문에서 끊임없이 쏟아져 나왔다. 마침내 백 명 정도의 남자들이 불타오르는 촛대를 둥글게 네 겹으로 둘러쌌다.

한 남자가 선창하자 나머지 구십구 명이 동시에 "케착케착" 하고 외쳤다. 음향 효과 없이 목소리만으로 단순한 음이 끊임없이 반복되어 독특했다. 한쪽에서 "케착케착" 외치면 다른 쪽에선 높은 음으로 또 다른 쪽에선 낮은음으로 동시에 "케착케착" 외쳤다. 천천히 시작되어 빨라지면서 끊임없이 반복되고 정신없이 겹쳐지고, 마치 미로에 갇힌 것 같은 주술적이고 최면적인 찬팅(chanting, 독송하듯 반복적으로 같은 소리를 내는 행위)이었다.

좀처럼 보지 못한 광경이었다. 상의를 벗은 남자 백 명이 일렁이는 불 주위를 둥글게 싸고 앉아 한 번씩 가슴이나 허벅지를 탁 때려가며 주술을 외듯 두 시간 동안 "케착케착" 찬팅하는 것이다. 그들은 손을 공중에 들어 흔들고 몸을 오른쪽, 왼쪽으로 움직이는가 하면 어느 순간 뒤로 팍 누워버리고 다시 앞으로 팍 숙이기도 했다. 한 번씩 분장한 회색 원숭이, 빨간 원숭이, 공주, 악마도 번갈아 나왔다.

"하우 아 유?"

갑자기 뚱보 원숭이 남자가 말했다. 대사를 하는 건지, 우리에게 묻는 건지 헷갈린 관중석에는 잠시 정적이 흘렀다. 대답했다.

"굿! 하우 아 유?"

"굿! 땡큐!" 하고 답한 그는 우리에게 노래를 시켰다. 마찬가지로 당황했지만 그가 "쩍쩍쩍" 하면 우리도 "쩍쩍쩍" 하고 그가 "춉춉춉" 하면 "춉춉춉" 따라 했다.

"엑설런트!" 그는 기분 좋은 목소리로 "하우즈 발리?" 하고 물었다. "굿!" 하고 관중이 대답하니 더 이상 할 말이 없었는지 그는 고개를 돌려 한참 있다가 돌아서면서 외쳤다. "택씨이? 뜨랜스뻐어?(Taxi? Transfer?)" 우리는 웃음이 터졌다. 우붓을 여행하는 관광객이라면 하루 스무 번쯤 듣는 택시 호객 행위를 흉내 낸 것이다. 그는 능청스럽게 "에어뽈뜨으(Airport)?" 하고 한 박자 쉬고 혼자 실망하더니 양 손을 맞잡고 말했다. "메이비 투모로우?(Maybe tomorrow?)" 관중석에 폭소가 터졌다. 내 옆에 앉아 있던 백인 남자가 특별히 크게 웃었다. 얼마나 신이 났던지 손에 쥐고 있던 맥주병을 위로 들고 흔들기까지 했다. "노 땡

쓰"하고 답하면 우붓 택시 기사는 백이면 백, 포기하지 않고 해맑은 표정으로 "메이비 투모로우?" 하고 묻는다.

유쾌해진 관객들은 재개된 공연에 다시 집중했다. 케착(Kecak) 댄스의 정식 명칭은 라마야나 몽키 찬트(Ramayana Monkey Chant)로, 1930년 힌두 라마야나 서사시를 기원으로 시작되었다. 이 공연의 줄거리는 왕자 라마가 원숭이신 하노만의 도움을 받아 악마 대왕 리와나에게 붙잡힌 아름다운 부인 시타를 구한다는 것이다. 찬팅이 시작되면서 여자 두 명이 악마 대왕에게 활을 쏘며 싸움이 벌어졌다. 활까지 쐈건만 악마 대왕은 끄떡도 없어 보였다. 번갈아 나오던 흰 원숭이와 빨간 원숭이가 마지막엔 동시에 나와 힘을 합쳐 악마 대왕을 때려잡고 평화가 찾아왔다.

그러고 나서 남자 두 명이 촛대를 치우고 불을 캠프파이어처럼 바닥에 모았다. 불은 한 번 크게 타오른 후 서서히 꺼져서 불씨 더미가 되었고 백 명의 남자들은 관객석을 바라보는 대열로 바꿔 앉았다.

무대 위로 빨간 말 모형을 다리 사이에 끼운 남자가 나왔다. "꺽! 꺽!" 하고 누군가 뻐꾸기, 딸꾹질 같은 소리를 내고 또 다른 누군가 주술을 외우듯 독창하고 나머지 남자들이 동시에 낮은 목소리로 "케착" 하고 리드미컬하게 반복했다. 또다시 찬팅은 점점 커지고 빨라지고 뒤섞여 복잡하고 혼란스러운 최면적인 분위기가 되었다.

관중석에 비명이 터졌다. 말 모형을 탄 남자가 갑자기 시뻘건 불씨 더미로 뛰어든 것이다! 공연 막바지라 긴장을 풀고 있던 나는 깜짝 놀랐다. 너무 순식간에 벌어진 일이었다. 그것도 모자라서 남자가 발로 찬 시뻘건 불씨 더미는 폭죽처럼 공중에 흩어졌다. 내 옆에 앉은 남자는 말 모형을 탄 공연자가 등장할 때 정신없이 웃었는데 그가 불씨를 차는 걸 보고는 자기도 모르게 진심에서 우러나온 나지막한 비명소리를 토했다. 말 모형을 탄 남자는 불씨를 비벼대기까지 했다. 그는 맨발이었다. 입이 딱 벌어지고 눈이 휘둥그레졌다. 저 남자는 뭐 하는 사람이지? 강철 발인가? 급하게 꺼내 읽은 팸플릿에는 'trance dance sang hyang djaran'이라고 적혀 있었다.

관광 상품이 되면서 내용이 많이 달라지긴 했지만 트랜스 의식, 상향(sang hyang)은 신을 받아들이거나 소통하며 기근, 악, 질병, 전염병 같은 문제를 방어하기 위해 행해져 온 발리의 신성한 영혼 의식이다. '드자란(djaran)'은 말을 뜻하며(나는 공작새인 줄 알았다.) 반복적인 찬팅으로 트랜스 상태에 든 사람은 뜨거운 잿불 위를 걸을 수 있다고 한다.

직접 눈으로 보면서도 믿기 어려웠다. 하지만 남자의 맨 발은 도대체 뭐지? 시뻘건 불씨는 뭐고? 정말로 트랜스 상태에 들었던 것일까? 아니면 공연 내내 시뻘겋게 타오르던 불이 특수 제작된 것이라 사실은 50도쯤 되는 거였나? 정말 트랜스 의식에 든 건지 남자의 신념이 불씨 위를 걷게 한 건지는 알 수 없지만 오늘 케착 댄스 공연은 확실히 오래도록 기억에 남을 것 같았다.

괜찮은 척해서
미안해

자전거 하이킹은 나의 로망이다. 회사를 다닐 때 '자전거 타고 출퇴근할까?' 하고 진지하게 생각해본 적이 있다. 정장을 입고 자전거로 8차선 도로를 달려 출근하는 모습을 상상해봤다. 왠지 이유는 알 수 없지만 버스에 탄 사람들이 '저 여자 좀 이상한 것 같다'는 눈빛으로 볼 것만 같고 아무래도 용기가 나지 않아 그만두었다.

나는 자전거를 타고 우붓의 도로를 달리고 있었다. 목적지는 없고 다만 교통량이 적은 한적한 외곽으로 갈 참이었다. 레인보우 아이스크림을 손에 쥐고 달리는 도로는 평지 같았지만 완만한 내리막길이었는지 페달을 밟지 않아도 술술 내려갔다.

자전거 타기를 정말 좋아했다. 내가 보기에 넘어질 게 분명한 두 개의 아슬아슬한 바퀴가 빠르게 굴러가는 게 신기했다. 어릴 적에 우리 집은 다른 집보다 가난했다. 친구들은 자전거를 타고 쌩쌩 달렸지만 나는 땅만 보고 걸었다. 어린 나이에도 자전거를 사달라고 부모님을 졸라선 안된다는 걸 알고 있었다. 어느 날, 아빠는 작은 검은색 자전거를 어디서 구해다주셨다. 얻어 온 건지, 주워 온 건지 알 수 없었고 물어보지도 않았지만 행복했다. 나도 드디어 자전거가 생겼다! 비록 언니들, 동생과 나누어 타야 했고 지분으로 치자면 내가 제일 적었지만 상관없었다. 심하게 무뚝뚝한 아빠가 내게 자전거 타는 법을 가르쳐주었다.

"아빠! 잡고 있제?"

"그래! 잡고 있다!"

내가 탄 자전거를 아빠가 든든하게 잡아주고 있다는 사실 자체가 기분 좋았다. 아빠가 자전거를 잡고 나를 지켜주고 있다. 나를 위해서. 그것도 몇 번이나.

"아빠 잡고 있제?"

"그래!"

아빠는 거짓말을 했다. 다섯 번쯤 잡아준 후, 안 잡고서
도 잡고 있다고 했지만 그것조차도 유쾌했다. 뒤를 따라오
면서 여차하면 아빠가 재빨리 붙잡아줬기 때문에 나는 어
디 하나 다친 곳 없이 자전거를 배웠다. 비록 '잡고 있나?',
'그래!' 두 마디 뿐이었지만 그것은 아빠와의 몇 안 되는
소중한 추억이다.

또 하나 생각나는 장면이 있다. 열 살쯤이었다. 운 좋게
도 정오가 지나도록 아무도 자전거를 타지 않아서 그날 나
는 자전거를 마음껏 탈 수 있었다. 속으로 혼자 생각하기
에 나는 자전거 선수였다. 안장에 앉지 않고 선 채로 탈 수
있었고 무려 두 손을 놓고도 탈 수 있었다. 남몰래 나 자신
이 굉장하다고 생각했다. 돌아올 땐 힘들지만 우리 집에서
마을로 가는 내리막은 최상의 자전거 코스였다. 내리막이
가파른 만큼 세차게 불어오는 바람, 바퀴가 '쉑쉑' 소리 낼
만큼 빠른 속도감, 저 꼬리뼈 밑에서부터 가슴까지 차오르
던 흥분감이 지금도 생생하다.

우붓에서도 자전거를 타보고 싶었다. 깜짝 놀랄 만한 경

사의 내리막길이 나타났다. 자전거는 내리막길을 빠르게 내려갔고 난 신이 나서 고함을 질렀다. 막다른 길을 돌아 나와 골목으로 가니 운동장이 나왔다. 대여섯 살 어린아이들이 삼삼오오 모여 있었다. "안녕?" 아이들은 비록 내 인사를 받아주지 않았지만 나는 오랜만에 자전거도 탔겠다, 기분이 좋아서 주체를 못하고 혼자 깔깔 웃었다. 되돌아 나오니 아까 깜짝 놀랐던 내리막이 이번에는 오르막이 되었다. 내려서 자전거를 끌고 가기에 나는 너무 업(up)되어 있었다. 미친 듯이 페달을 밟아 오르막을 기어코 올라갔다. 묘한 성취감에 웃음이 터졌다. 나도 내가 왜 그러는지 알 수 없었다.

코코마트 도로 쪽으로 갔다. 소음에 약한 나는 차와 오토바이 소음 때문에 정신이 없었지만 내 안에 있는 누군가가 흥을 펌프질해대는 바람에 계속해서 달렸다. 갈림길이 나왔다. 왠지 마음이 끌려서 왼편으로 빠졌는데 밑도 끝도 없는 생각이었다. 세상에, 교차로가 나타난 것이다. 차가 어찌나 많은지 오도 가도 못하는 상황이었다. 죽기 살기로 끼어서 직진하다 오른쪽으로 빠졌다. 어째 외곽으로 가고 있다고 생각할수록 차가 점점 더 많아지는 것 같았다.

한참 달려가서 만난 곳은 굉장했다. 헤아릴 수 없이 많은 대형 조각과 대형 그림 그리고 철근으로 만든 실물 크기의 백마가 도로 양쪽으로 세워져 있었다. 마치 거대한 예술품의 세계에 떨어진 이상한 나라의 앨리스라도 된 기분이었다. 한참 넋을 놓고 보다가 내가 지금 어딘지 도무지 알 수 없는 곳에 와 있다는 걸 깨달았다.

우붓 외곽 어디쯤이겠지. 그렇게 생각하며 숙소로 가려고 돌아서는데 1.5톤 트럭이 옆에 스칠 만큼 가까이에서 쌩하고 지나갔다. 순간 오금이 저렸다. 그때부터 차가 지나가면 조심한다는 것이 더 긴장해서 중심을 잃고 흔들거렸다. 이러다가는 가만히 가는 차에 내가 갖다 박을 판이었다. 그토록 신나던 자전거 타기가 금세 무서워졌다.

나는 자꾸 뒤를 돌아봤다. 도로에서 자전거를 탈 때 뒤를 돌아봐선 안 된다. 일단 도로에 들어섰다 하면 앞을 보고 내가 가는 길에 집중해야 한다. 그러면 차, 오토바이가 알아서 비켜 가는데 괜히 불안해서 뒤돌아보다간 오히려 중심을 잃고 사고가 나기 쉽다. 엄마야. 나는 살기도 그렇게 살았다. 불안하면 할수록 휘청휘청하면서 더 자주 뒤돌아봤다. 나는 내 길을, 내 속도에 맞춰서 가야 했다. 뒤도, 옆도 돌아볼 필요가 없었다. 그러다간 구덩이에 처박히는 수가 있었다.

도대체 아까 봤던 다른 자전거 운전자들은 어째서 그렇게 도로 위를 잘 달리는지 알 수 없었다. 애초에 콩알만 한 심장을 가진 내가 자전거를 타고 도로에 나온 것부터가 잘못이었다. 나는 정말이지 엄청나게 후회했다. 내 자전거는 분명히 다른 사람들의 주행에 방해가 되고 있었다. 어찌나 미안하던지 도로 맨 끄트머리의 흰 선을 밟으며 갔다.

그런데 갓길로 붙으면 붙을수록 차가 더 가까이서 쌩하고 지나갔다. 마치 내가 도로에 없다는 듯이 말이다. 내가 완전히 갓길로 가니 운전자들이 매우 안심을 하고 그렇게 지나가는 모양이었다. 심지어 클랙슨 소리도 내지 않았다. 갓길 흰색 선 위에선 단 5센티미터도 흔들리면 안 되는 아슬아슬한 상황이었다. 바로 옆은 낭떠러지였기 때문이다.

몇 번의 고비를 넘기고 나니, 목숨이 두 개도 아닌데 내가 여기까지 와서 또 왜 이러고 있나 괴로운 마음이 들었다. 에라 모르겠다 하는 심정으로 도로의 3분의 1 지점까지 안쪽으로 들어가 달렸다. 정말이지 너무 미안해서 일일이 눈 맞추고 사과하고 싶은 심정이었다. 하지만 나는 도로 안이었고 어떻게든 이 길을 지나야만 했다. 정말 미안해요! 저도 빨리 가고 싶어요! 속으로 울부짖으며 달렸다. 자전거고 뭐고 다 내동댕이치고 도로 끝 흰 선 위에 주저앉아 울고만 싶었다.

그런데 놀라운 일이 벌어졌다. 차들이 널찍이 떨어져서 가는 게 아닌가. 그때부터 차가 내 팔을 스칠 듯 가까이 지나가는 위험한 일은 없었다.

물론 균형 감각이 뛰어나거나 자전거를 뛰어나게 잘 탄다면 옆에 협곡이 있든 불구덩이가 있든 도로 맨 끝의 흰선을 밟고 죽 가면 된다.(사실 웬만하면 자전거도로가 없는 곳에선 안 타는 게 가장 좋은 것 같다.) 하지만 무리해서 도로 끝으로 가니 중심을 잃고 오히려 사고가 날 위험이 컸다. 즉 어설프게 미안한 마음으로 무리해서 갓길 구석으로 갔더니 더 아찔한 순간이 많았던 것이다.

엄마야. 나는 인생도 그렇게 살았다. 미안해서, 폐 끼치기 싫어서 나는 나를 365일 아슬아슬한 도로 끝에 흰 선 위로 몰아댔다. 어떤 상황에서든 최소한의 안전거리를 유지해야 하는 것이 아닐까? 그게 허울 좋은 배려든, 숭고한 희생이든, 남의 일을 떠안는 미련스러움이든 반드시 내가 감당할 수 있는 선에서 이루어져야 했다.

일도 사랑도 관계도 마찬가지 아닐까? 타인을 배려한답시고 자신을 억압하면 폭발할 수밖에 없는 순간이 필연적으로 오고 그런 상황에서의 폭발은 대체로 되돌리기 어렵다. 회복하기 힘든 상처를 남긴다. 폭발도 못 하면 골병이 든다. 사람들은 바빠서 다른 사람이 그렇게 애쓰는지 잘 모른다. 내가 매번 그런 모습을 보였기 때문에 원래 그런 사람으로 여기게 될 뿐이다. 그리고 그들은 자신의 페이스대로 엑셀을 밟을 것이다.

말해야 한다. 그러면 대폭발과 골병을 막을 수 있다. 걷잡을 수 없이 심각해졌을 때는 사실 그동안 힘들었다고 울부짖어 봤자 소용없다. 할 수 있는 범위 내에서 열심히 최선을 다해야 한다. 도움을 줄 수 있어야 하지만, 도움을 받을 줄도 알아야 한다. 힘들면 힘들다 말해야 하고 '아니요'라고 말할 줄도 알아야 한다. 또 내 생각보다 사람들이 더 잘 이해해줄 수 있다는 걸 믿어야 한다. 생각처럼 순조롭지 않을 수도 있지만 가끔 경적소리가 나를 놀라게 한다 해도 그것으로 다치진 않는다. 그냥 옆으로 비켜주면 그만이다.

예의도 배려도 중요하다. 분명 착하고 바르게 살아야 한다. 하지만 그것이 나 자신을 억압해야만 한다는 뜻은 아니다. 그들은 잘 타지는 못하지만 자전거를 타고 세상을 보고 싶어 하는 마음을 이해할 것이다. 서툴지만 열심히 페달을 밟으며 세상을 살아가는 우리를 이해할 것이다.

귓가에 남아 있는
노래

이 이야기를 하자면 조금은 흥분할 수밖에 없다. 사실은 그냥 혼자 간직하고 싶은 기억이기도 하다. 혼자서 처음 우붓을 찾았을 때, 한국으로 돌아가기 이틀 전이었다. 오픈 준비 중인 라이브바 사장님을 길에서 만났다.

"밴드 공연 보러 오세요! 내일 저녁에 개업하거든요!"

바가 거기만 있는 것도 아니고 당시 나는 갑상샘 약을 복용 중이라 술을 마실 수도 없었다. 그럼에도 불구하고 그곳은 묘하게 나를 끌었다. 열 번을 망설이다가 결국은 그 바에 가지 못했다. 새까만 밤의 문턱을 넘기가 쉽지 않았기 때문이다.

하지만 우붓에 다시 왔을 때 나는 여전히 그곳을 기억했고 이번엔 언니도 있으니 꼭 가보겠노라 생각했다. 그런데 인연이 아니었나 보다. 늦은 시간에 외출하는 일이 드물기도 했지만 두어 번 그 가게 앞을 지날 때마다 문이 굳게 닫혀 있었다. '정말 우붓이긴 우붓이구나. 공연도 하는 곳인데 6개월도 안 돼서 망하다니.' 그렇게 생각했다.

그런데 한국으로 돌아가기 전, 3일을 남겨두고 그 가게에서 흘러나오는 노래를 듣게 되었다. 왜 자꾸 우붓 여행 막바지에 이런 일이 생기는 걸까(나를 이곳에 또 오게 하려는 우붓 요정의 계략인지도 모르겠다)? 첫 번째 여행에서는 하필 마지막 날에 푸남을 만나게 된 게 그렇게 아쉬웠는데 두 번째 여행에선 이곳이 그랬다.

"밴드가 매일 바뀌어요. 그러니 매일 오세요!"

내가 주문한 새빨간 용과 주스를 테이블에 올려놓으며 종업원이 말했다. 그는 재즈, 레게, 팝 등 장르별로 매일 밴드가 바뀐다고 했다. 이런 곳을 이제야 오게 되다니. 아쉬운 마음에 입술을 꼭 깨물었다. 조금만 더 일찍 찾았다면 모든 장르의 공연을 볼 수 있었을 텐데. 이제 내게 허락된 시간은 이틀뿐이었다.

세상에. 참 오랜만에 듣는 〈크립creep〉이 흘러나왔다. 조명이 비춘 무대에는 서양인 한 명과 현지인 두 명이 연주하며 노래하고 있었다. 여행이 끝나가면서 안 그래도 마음이 싱숭생숭한데 그 노래는 나를 더 건드렸다.

"안녕하세요! 어디서 오셨어요?"

노래가 끝난 후, 까만 중절모를 쓰고 중앙에서 노래하던 남자가 활짝 웃으며 말했다. 나는 고개를 떨어뜨리고 주스를 보는 척하다 조심스럽게 주위를 둘러봤다. 바와 테이블에 사람들이 드문드문 앉아 있었다. 다시 고개를 살살 돌려서 무대를 봤는데, 그 남자가 여전히 나를 바라보고 있었다. 눈이 둥그레진 나는 손가락으로 목 언저리를 가리키며 입 모양으로 "저요?" 하고 물었다. 남자는 "네" 하며 웃음을 터트렸다.

그러니까 지금 나한테 한 말이라는 거지? "한국에서 왔어요." 흐려지는 정신줄을 부여잡고 간신히 답했다. "오! 코리아! 반가워요. 여긴 아주 자유로운 분위기예요!" 그래요. 그런 것 같군요. 그렇게 속으로 생각하는데 남자가 내게 말했다. "나와서 노래할래요?"

농담인 줄 알고 예의를 갖춰 웃으니 뒤에서 사장님과 종업원들이 큰 소리로 거들었다. 그토록 자유로운 분위기에 당황한 나는 개미만 한 목소리로 "아마도, 다음에……"라고 말했다. 뻘겋게 불타오른 내 얼굴이 부디 저 무대에서는 보이지 않기를 빌면서.

"그럼 듣고 싶은 노래 있어요?"

평정심을 잃은 나는 이상한 노래를 선곡했고 그는 그 노래를 알지 못했다. 그가 잠시 당황하더니 말했다. "대신 〈저스트 더 웨이 유 아Just the way you are〉를 불러줄게요!" 이번엔 혹시나 내가 잘 모를까 봐 본인이 아는 노래 가운데 가장 대중적인 곡을 선택한 것 같았다. 나는 왠지 경박스럽게 굴어선 안 된다는 이상한 생각을 하면서 사뭇 엄숙한 표정을 짓기 위해 애쓰며 노래를 들었다.

이건 피리 소리? 베이스를 치는 금발 머리의 남자, 기타를 치며 노래하던 중절모 쓴 남자 옆에 머리를 바짝 깎은 남자가 피리를 연주하고 있었다. 바닥에는 열 개 정도의 피리가 길이순으로 놓여 있었다. 특이한 조합이었다. 하지

만 생각보다 훨씬 잘 어울렸고, 피리 소리가 기타 소리에
묻힐 줄 알았는데 오히려 독주회처럼 선명하고 끊김 없는
화려한 연주가 이어졌다.

"안녕하세요!(한국어로 인사했다.)"

공연이 끝난 후 피리 연주를 하던 남자가 다가와 인사
했고, 우리는 우붓과 서로에 대해 여러 가지 이야기를 나
눴다. 그는 그림도 그린다면서 그림 그리는 자신의 모습을
찍은 영상을 보여주기도 했다.

그는 내게 북 치는 법도 가르쳐주었다. 자신이 허밍을
하면서 손으로 테이블을 칠 테니 따라 하라고 했다. 통통.
간단한 음으로 시작해 점점 복잡한 소리를 냈다. 나는 북
은 박자에 맞춰 북채만 두들기면 되는 줄 알았다. 그렇게
손바닥으로 치거나 손을 오목하게 모아서 치고, 물갈퀴처
럼 쫙 펴서도 치고, 두 손가락만으로 치다가 마치 비키라
고 손짓하듯이 치고, 물 묻은 손을 탈탈 터는 것처럼 치기
도 한다는 건 처음 알았다.

"명상이요? 그렇다면 당신은 오늘 사람 제대로 만난 것

같군요!"

명상 이야기가 나와서 내가 머뭇거리다 관심이 많다고 하자 그가 환하게 웃으며 답했다.

"제가 명상을 가르치거든요. 언제 한번 명상센터로 놀러 올래요?"

나는 이 대목에서 다시 한 번 입술을 깨물었다. 3일 뒤면 한국으로 돌아간다는 말은 차마 하지 못하고 "기회가 되면요"라고 말했다.

"악기를 연주하고 그림을 그리는 행위 자체가 저한테는 명상이에요. 다른 생각이 안 나거든요. 그리고~" 그는 휘파람을 불면서 고개를 옆으로 휙 돌린 후, 입 꼬리를 살짝 올리며 웃었다. "평화로워지죠."

그의 솔직한 눈빛을 보고 그가 금세 부러워졌다. 연주가 인상 깊었다고 솔직히 말해줬다. 좋아하는 일을 하며 살아가는 모습이 부럽다고도 했다.

"완벽하진 못해요. 하나를 가지면 하나를 버려야 하죠. 예를 들면 금전적으론 행복하지 않을 때도 있어요. 하하하!(그는 일부러 크게 웃었다.) 어쩔 수 없죠. 모든 걸 가질 순

없으니까. 하지만…… 그림을 그리고 악기를 연주하고 명
상도 하는 지금이 좋아요. 네! 전 행복한 남자예요."

나는 그렇게 행복한 남자와 친구가 되었다.

한국으로 돌아가기 전날 저녁, 다시 그곳을 찾았다. 저
녁을 먹고 공연을 보면서 여행을 마무리하고 싶었다. 현지
인과 서양인이 한둘씩 들어오더니 내가 주문한 그릴드 치
킨이 나오기도 전에 홀이 꽉 찼다. 이들은 불타는 월요일
을 보내는 건가? 월요일인데도 토요일에 왔을 때보다 사
람이 훨씬 더 많았다.

새로운 3인조 밴드가 플스 가든의 〈레몬 트리Lemon
tree〉를 불렀다. 좋아하는 노래는 아니지만, 보컬 음색이
독특해서 마치 그들의 곡인 것처럼 새롭게 들렸다.

난 허송세월을 보내고 있어요. 달리 할 일도 없거든요.

난 방황하고 있어요. 당신을 기다리면서 말이에요.

하지만 아무런 일도 생기질 않네요. 이상하죠.

(……) 난 어째서인지, 왜인지 궁금해요.

몇 곡을 더 부르고서 보컬이 누군가에게 손짓을 하며 나오라고 했다. 모두의 시선이 그의 손끝을 따라갔다. 5분 전쯤에 한 무리가 들어와서 옆 테이블에 앉았다. 그중 한 남자가 나와 눈이 마주쳤는데 그는 웃으면서 고갯짓으로 인사했다.(특이하게도 그는 착하게 웃으면서도 턱을 살짝 위로 들면서 인사했다.) 나도 엉겁결에 고개를 끄덕였는데 바로 그 남자가 무대로 걸어 나가고 있었다. 무대 조명을 받은 그의 얼굴을 제대로 보고서 나는 좀 놀랐다. 그는 '만찢남'이었다. 인간이 이렇게 생길 수도 있나. 그는 이런 무대에는 처음 서본다고 너스레를 떨었다.(나중에 알고 보니 내 옆 테이블에 있던 이들도 밴드를 하는 사람들이었다.)

〈플라이 미 투 더 문Fly me to the moon〉이 흘러나왔다. 처음은커녕 무대를 자기 안방처럼 편안해하는 것 같았다. 그는 아주 심취해서 노래 불렀고 눈을 감고 부르던 소절이 끝난 후, 눈을 살짝 뜨면서 만찢남의 얼굴이 다시 완성됐다. 날씬한 체형, 검은 머리가 어깨까지 길었고 피부는 밀크커피색이었다. 얼굴은 작고, 코는 오똑, 눈은 적당히 컸다. 여린듯하면서도 샤프하고 차가운 느낌으로 동양과 서

양과 이곳 우붓의 분위기가 묘하게 섞여 있었다. 〈플라이미 투 더 문〉을 그렇게 애절하게 부르는 남자가 세상에 또 있을까 싶었다.

노래가 끝나자 옆 테이블에서 레게머리를 묶은 서양인과 현지인이 무대로 올라갔다. 이로써 기존밴드는 무대에서 내려와 구경을 하고 새로운 세 명의 멤버가 구성되었다. 만찢남은 기타, 현지인은 베이스, 레게머리를 묶은 남자는 반쯤 걸터앉아 손으로 큰 북을, 발로 탬버린을 쳤다. 재즈였는데, 각자 연주에 집중하면서도 눈짓으로 호흡을 맞춰가며 서로를 향해 새하얗게 웃고 있었다. 모두가 그들에게서 시선을 떼지 못했다.

갑자기 뒤쪽 테이블에 앉아 있던 남자가 무대로 나가서 인도네시아의 찰현악기인 르밥(rebab)을 연주했다. 조금 전에 〈레몬 트리〉를 불렀던 남자가 첼로를 켰다. 절정이었다. 만찢남이 고갯짓으로 한 사람씩 지목할 때마다 화려한 독주가 펼쳐졌고 나머지 사람들은 그 연주를 받쳐줬다. 홀을 가득 채운 사람 중에서 떠들어대며 얘기하는 사람, 휴대전화를 들여다보는 사람은 단 한 명도 없었다.

나는 다른 사람들도 나와 같은 기분인지 궁금했다. 느낄 수 있었다. 그들이 지금 이 순간 얼마나 행복한지, 얼마나 즐기고 있는지, 얼마나 음악을 사랑하는지. 살아 있는 것 같았다. 중요한 건 그게 서로에게 전해진다는 사실이었다. 가장 멋진 건 그것이었다.

가슴속에서 폭죽이 마구 터졌다. 나는 곁에 있는 다른 이들이 부러웠다. 나는 내일이면 이곳을 떠나야만 했기에. 내일 공항으로 가는 택시에 올라타는 순간 더욱 실감이 나겠지. 나는 다시 그들을 바라보았다.

음악은 참 신비롭다. 그야말로 언어로 설명할 수 있는 영역을 넘어선 세계에 있지 않은가. 누구라도 잠자기 전에 잔잔한 음악을 들으면 별다른 생각이 없다가도 불현듯 누군가가, 어떤 시절이 사무치게 그리워지게 되는 건 말로는 설명할 수 없는 법이다. 어느 카페에 앉아 탁 트인 초록빛 풍경을 바라보고 기분 좋은 쌀쌀함을 느낄 때 감미로운 음악이 흘러나온다면 별다른 음악 지식이 없는 사람이라 해도 마음 깊은 곳에서부터 일렁이는 움직임, 어찌할 바를 모르겠는 감정을 느끼기 마련이다. 그런 건 의사가 환자를 진단하고 '이러이러해서 ○○○입니다' 하고 병명을 알려주듯이 말할 수는 없다. 음악은 다만, 말로 표현할 수 없는 감동을 준다. 본인은 그럴 맘이 전혀 없다 할지라도 음악은 울고 싶은 기분을 일으키고, 터질 것 같은 흥분을 안겨주고, 나비의 날갯짓처럼 살랑거리는 기분을 선사한다.

그러므로 다만 느낄 뿐이다.

다만 그 선율을 끌어안는 것이다.

아직도 그 바를 떠날 때 들었던 노랫말이 내 귓가에 남아 있다.

"But darling, stay with me. Oh, won't you stay with me?(그대, 내 곁에 머물러요. 오, 나와 함께 있어주지 않을래요?)"

시시한 행복이
거기 있었다

　당연히 잠을 설쳤다. 전날 귀에서 위잉위잉 하는 소리가 들릴 정도로 피곤했지만 정말이지 눈을 감고 싶지 않았다. 또다시 이곳을 떠나야만 했다. 아침에 일어나 와얀, 크툿, 마데와 사진을 찍었다. 사진 찍는 걸 싫어하는 크툿도 이번만큼은 함께해주었다. 기사님은 야속하게도 15분이나 일찍 도착했다. 허둥지둥 짐을 챙기고 또 그렇게 갑작스럽게 이별을 맞았다.

　인사했다, 명랑하게. 잠시 산책하다 오후가 되면 돌아올 것처럼. 내가 돌아서자 갑자기 와얀이 조금 다급해진 목소리로 어떻게 연락하면 되느냐고 물었다. 왜 미리 연락을 주고 오지 않았냐고 와얀이 물었을 때, 내가 메신저를 사용할 수 없었다고 둘러댄 탓에 묻는 말이었다. 그냥 메신저를 하면 된다고 대답하려고 '페이스'까지 말하고는 '북' 발음을 못 했는데 갑자기 울컥해서 황급히 휴대전화로 얼굴을 가렸다. 그게 가려지겠느냐만…….

나도 이럴 때 내가 너무 당황스럽다. 또 울 줄이야. 그래도 이번에는 조금만 울었다. 언제가 되었든 다시 우붓으로 돌아올 것이라는 확신이 들었기 때문이 아닐까?

처음에 이곳에 왔을 땐 돌아가고 싶지 않다는 마음 90퍼센트와 어떤 의무감과 책임감 10퍼센트였다면 이번에는 돌아가서 반드시 해야만 할 일이 있다는 느낌이 들었다. 명확하게 알 수 없었지만 뭔가가 꿈틀대고 있었다. 대단한 것이 아니지만, 오히려 아주 사소하고 유치하고 흔히 말하는 쓸모없는 짓이지만 나를 미소 짓게 하는 것. 지금 나는 그것들을 천천히 해나가고 있는 중이다.

우붓은 내게 하루하루를 느슨하고 아름답게 살아가는 삶을 보여주었고 영혼을 위해 살아가는 법을 가르쳐주었다. 그렇게 살아도 괜찮다. 아니, 꼭 그렇게 살라고 말해주었다. 잠시 잠깐 정신적으로 풍요로운 만족감이 가득한 신성한 영혼의 세계를 엿보고 가는 것처럼 느껴졌다. 나는 실제로 그렇게 살아가는 사람들을 만났고 그들의 삶을 가까이에서 지켜보았으니 이제 그것을 내 삶의 이정표로 삼으며 살아갈 수 있으리라.

사람들이, 꽃과 나무들이, 하늘과 바람이 내게 물었다.

당신은 무엇을 위해 그토록 바쁘게 살아가나요?

쉼 없이 일하고 악착같이 돈을 모아 좋은 차 몰고, 나이가 찼으니 결혼도 하고, 아파트를 사면 나는 정말 행복할까? 정말로 내가 인생을 걸고 하고 싶은 일이 그런 것일까? 나는 도대체 뭘까? 왜 살고 있지? 어떻게 살아왔더라? 폭식하고 무의미한 소비를 하고 스스로를 괴롭히며 무엇으로부터 벗어나고 싶었던 거지?

돈 벌기 위해 일하고, 일하느라 스트레스 받고, 스트레스 푸느라 돈 쓰고 또다시 돈 벌기 위해 일하고……. 어리석고 저주받은 굴레를 끊임없이 계속해서 반복하고 있었던 건 아닐까? 정말 원하는 게 뭘까? 끝없이 이어지는 질문을 스스로에게 던지며 처절하게 묻고 또 물었던 시간이

었다. 두 번째 우붓 여행을 마쳤을 때 그에 대한 답을 조금
은, 희미하게 알 것만 같았다.

　발리 공항에서 6개월 전의 내 모습을 하고 있는 여자를
보았다. 그녀는 울고 있었다. 두 시간 정도의 웨이팅 시간
내내. 한국인인지 일본인인지 중국인인지 알 수 없지만 이
십 대 후반 혹은 삼십 대 초반. 홑꺼풀인지 쌍꺼풀인지 알
수 없는 퉁퉁 부은 눈, 풀면 어깨쯤 닿을 머리를 하나로 질
끈 묶고 있었고, 옅은 마룬색 면바지를 입고 빛바랜 카키
색 민소매 위에 흰색 민소매 티를 겹쳐 입은, 현지인만큼
까맣게 탄 여자였다. 그리고 짙은 회색 캐리어, 회색 운동
화 그리고 형광빛 주황색 끈.
　신기했던 건 사람이 많았던 게이트 한중간에서 눈에 띄
게 어깨를 들썩이며 흐느껴 우는데도 아무도 그녀를 눈치
챈 사람이 없는 듯했다. 가까이 앉은 사람들은 휴대전화
나 노트북을 보고 있었다. 근처에 어린 남매 둘이 장난을
치고 뛰어 다니다 남동생이 큰 소리로 울어버려서 꼬마의
울음소리와 분주한 장소 특유의 웅성거림이 뒤섞여 혼잡

한 그림을 그리고 있었다. 그 와중에 그녀를 보게 되었는데 그녀는 그렇게 부산스러운 곳의 한가운데 있으면서도 마치 모든 소리가 완벽하게 사라진 곳에 혼자 떨어져 있는 것처럼 보였다. 그녀를 보면서 나도 그녀의 공간 속 침묵으로 빨려들었고 오직 나만이 그녀의 눈물을 보고, 흐느낌을 듣고 있는 것 같은 기이한 생각이 들었다.

그녀가 발리 어디에서 여행했으며 무슨 사정이 있었는지는 알 수 없었지만 나는 감히 상상을 해봤다. 아마도 그녀가 그토록 서럽게 운 것은 천천히 그리고 아름답게 흘러가는 이곳의 평화로움을, 소중한 영혼을 위한 시간을 보았기 때문일 것이다. 이제 막, 발을 담그고 몸을 담갔는데 따뜻한 온기가 온몸으로 채 퍼지기도 전에 그곳에서 나와야만 했던 것이다. 그리고 떠나야만 하는 것이다. 마르지도 않았는데. 아직 이곳의 향기, 이곳의 공기, 이곳의 모든 것에 흠뻑 젖어 뚝뚝 흐르는데 떠나야만 한다. 텅 빈 공허함이 가득한 곳으로 다시 돌아가야만 하는 것이다. 경유지에서 내릴 때 나는 나도 모르게 그녀의 얼굴을 찾아 두리번거렸다. 역시나 그녀는 그때까지도 울고 있었다. 6개월 전의 나처럼.

한 번씩 그녀가 궁금해진다. 눈에 눈물이 가득 고인 채 멍하니 허공을 바라보던 그녀. 울음을 그치려 애쓰다가 금세 다시 서럽게 울어버렸던 그녀가.

말해주고 싶었다. 이곳에서 시시하고 신비로운 행복을 경험해본 것만으로도 당신과 나는 행운을 거머쥔 것이라고. 당신과 나는 그 시간들을 기억하며 살아갈 테니 이미 그것만으로도 축복이라고. 그리고 나는 마음속으로 말했다. 괜찮아요. 당신은 이곳으로 다시, 돌아올 거예요.

벌써 세 번째,
사랑한다!

깊게 파인 땅속에서 지렁이와 벌레가 기어 나왔다. 언니는 기겁을 하고 도망쳤고 우린 웃음을 터트렸다. 우붓으로 세 번째 여행을 다녀올 땐 언니와 남동생까지 함께했다. 우리 셋은 여행 마지막 날 땅을 팠다. 나무 밑에 미래의 자신에게 쓴 편지를 묻기 위해서였다.

"혹시 다시 못 올지도 모르니까, 네가 쓴 편지는 따로 사진 찍어둬." 내가 말했다.

"아니." 동생이 말했다.

"뭐?"

"난 안 찍는다고."

내가 어리둥절한 표정을 짓자 동생은 눈앞에 펼쳐진 울창한 초록 나무들을 바라보며 말했다.

"무조건 또 올 건데?"

우붓을 지상낙원처럼 말하곤 했던 나는 내심 언니와 동생의 눈치를 살폈다. 우붓 여행이 생각보다 별로면 어쩌나, 신경이 쓰였던 것이다. 사람마다 각기 보는 것이 다르고 느끼는 바도 다를 수 있을 테니까. 하지만 이곳에서 한 달을 보내고 마지막 날, 동생은 그렇게 말했다. 꼭 다시 올 거라고, 나중에 자식에게도 이곳을 보여주고 싶다고. 무뚝뚝한 동생이 할 수 있는 최고의 찬사였다.

언니는 혼자서 다시 와볼 거라고 했다. 나는 그 말을 이해할 수 있었다. 언니는 혼자서 다니던 여행객들의 눈빛에서 뭔가를 느낀 것이다. 우붓은 혼자 여행하는 자들에게 또 다른 모습을 보여준다. 우리는 편지를 묻은 그곳에서 사랑하는 사람과 함께, 그리고 혼자서 다시 오게 될 날을 기약하고 있었다.

세 번째 방문이었다. 우붓에 열 번째로 온 거라고 했던

일본 여자를 보고 놀란 적이 있다. 그땐 내가 이곳에 세 번
이나 오게 될 줄 몰랐다. 그러니까 어쩌면 나도, 열 번은
오게 될지도 모른다. 그렇게 생각하니 웃음이 났다.

　다시 찾은 우붓은 내가 기억하는 모습 그대로였다. 내가
좋아하는 카페, 레스토랑, 친절한 미소도.

　우붓을 떠나는 날 남은 시간을 보내기 위해 카페에 다
다르자, 비가 한바탕 시원하게 퍼부었다. 문을 열고 따뜻
한 미소를 짓는 사람들을 지나 노란색 마리골드가 장식
된 계단을 올라갔다. 2층 바닥에는 화려한 빛깔의 꽃잎이
"welcome"이라고 수놓아져 있었다. 오늘이 마지막 날이
라는 게 믿기지 않았다.

　만약 내가 현지인이라면 매일 수십 명씩 쏟아지는 관광
객이 지겹고, 햇볕도 따갑기만 하고, 금세 시들어버리는 꽃
장식도 그다지 맘에 들지 않을 것이다. 그래, 그럴지도 모
른다. 테이블에 앉자 시원한 바람이 불어왔다. 하지만 나는
이곳 사람이 아니니까. 카페 2층에 앉아서 하늘을 바라보
며 생각했다. 하늘은 짧게 소나기를 퍼붓고 성에 차지 않
는지 여전히, 회색빛 구름 가득 비를 머금고 있었다. 그래

서 그렇다. 그래서 여전히 마지막 날은 아쉽기만 하다.

"누나는 어떤데? 벌써 세 번째 여행이잖아." 동생이 물었다.

어려운 질문도 아닌데 말문이 막혔다. 한꺼번에 너무 많은 기억들이 떠올랐기 때문이다. 벅차고 행복했던 순간들, 두렵고 불안했던 순간들이 마구 뒤섞여 머릿속을 헤집었다.

전에는 한국에 있거나 이곳 우붓에 있을 때마저도 한 번씩 이상한 기분에 휩싸일 때가 있었다. 일기를 쓰다가 책을 읽다가 머리를 감다가 문득, 이곳의 냄새를 맡거나 소리를 듣거나 감촉을 느낀다. 워낙 갑작스럽게 그러다 순식간에 사라져버리기 때문에 그 느낌을, 혹은 냄새를, 기억의 실오라기를 잡으려 해도 이미 사라지고 없었다.

반면에 세 번째로 만난 우붓은 내게 과감히 민낯을 드러냈다. 구석구석 돌아다니고 우붓에 대해 많이 알게 될수록 그랬다. 강기슭에 쌓인 쓰레기, 입장료를 지불한 관광지의 길목에 서서 통행료를 요구하던 사람, 갈룽안(발리의 명절) 기간 내내 도네이션을 외치며 돈을 요구하던 무리들.

흔히 사랑이란, 상대의 안 좋은 모습까지도 감싸주는 것이라고 한다. 하지만 나는 한 번도 그런 사랑을 해본 적이 없다. 그러니까 당연히 그런 사랑을 받아본 적도 없다. 좋은 사람, 흠 없는 사람이 되고 싶었던 나는 마음속으로는 보잘것없는 모습 그대로 인정받기를 간절히 원하면서도 그럴 수 없었다. 상처받을까 봐, 비참해질까 봐 언제나 방어적인 자세를 취했고 부족한 모습을 보이게 되면 도망쳤다.

그런 나를, 우붓은 마구 헤집어놓았다. 직장생활, 인간관계, 성격은 물론 어린 시절 상처까지 들쑤셨다. 나는 억눌린 과거의 상처와 후회, 수치심을 마주해야 했다. 그건 무척 힘이 드는 일이었다. 진짜 문제는 나 스스로가 부족한 내 모습을 무시하고 억누르고 비난한 것이었다. 나는 두 가지만 생각했다. 그렇다, 아니다. 나는 '그렇다'가 되고 싶었고, '아니다'가 되고 싶지 않았다. 강박적으로 고개를 끄덕였고, 아닐 때조차도 그랬다. 그러면 언젠가는 행복해질 거라 믿었다. 하지만 애초에 나는 '아니다'였다. 그토록 부정했던 것이 나였고, 가닿고 싶었던 것도 나였다.

환상이 걷힌 우붓의 민낯을 보고서도 여전히 이곳을 사

랑하는 나를 보며 그 사실을 깨달았다. 우붓은 자꾸만 내 상처를 헤집고, 부족한 과거를 괜찮다고 말했다. 모두가 완벽한 것은 아니라고. 부족하더라도 어리석더라도 그냥 있는 모습 그대로의 자신을 꼭 안아주라고.

"사랑한다!" 마침내 내가 대답했다.

우붓의 아름다운 모습은 물론, 더럽고 불합리하고 비틀어진 모습까지 감싸 안고 싶을 만큼 이곳을 사랑한다고. 평소 낯간지러운 말을 싫어하는 동생이지만 그럴 줄 알았다는 듯이 웃음을 터트렸다. 얼굴이 벌게진 내가 한 번 더 소리쳤다.

"진짜 사랑해!" 그러고는 나도 웃음을 터트렸다.

나는 여전히 두렵고 불안하고 화를 내며 어리석고 못나고 가끔은 나쁘다. 나는 지금 있는 그대로의 내 모습을 사랑하는 법을 배우는 중이다.

하늘에는 여전히 먹구름이 잔뜩 끼어 있었다. 이제 곧 비가 내릴지도 모른다. 하지만 그것조차도 즐겁기를. 우붓을 통해 부족한 나를 사랑할 수 있게 되기를 소망한다.

우붓으로
말할 것 같으면

온갖 숲의 정령이 살고 있는 마법의 섬 발리에 마을 전체가 꽃으로 장식되어 초록의 울창한 숲으로 둘러싸인 곳. 눈부신 해변이나 화려한 밤 문화, 입이 딱 벌어지게 으리으리한 건축물은 없지만, 우붓은 많은 걸 가지고 있다. 맑디맑은 하늘, 너무나 뽀얀 구름, 크고 동그랗게 예쁜 달빛. 옥구슬 구르는 소리를 내는 귀여운 새, 아름답다는 말로는 부족한 꽃과 나무. 모든 집에 자리하고 있는 성스러운 신전, 마음을 담은 기도. 엄숙한 지붕 위에 앙증맞게 그려진 꽃잎, 험상궂은 조각상 귀에 꽂아놓은 새하얀 캄보자 꽃 한 송이. 그것들이 나를 저절로 감사하게 했고 떨리도록 행복하게 했고 기도하게 했다.

요가하고 명상하는 하루가 당연한 곳,
흰 난닝구, 헐렁한 몸빼 바지가 자연스러운 곳,
쫄쫄이 요가복을 입고 사람 많은 식당에 가도 하나도 안 이상한 곳,
명품 가방에 높은 구두를 신으면 오히려 부끄러워질 수 있는 곳,
휴대전화보다는 노트와 펜, 요가매트가 더 어울리는 곳,
그렇게 내 소유로 알고 집착해왔던 의미 없는 것들을 내려놓게 하는 곳,
그럼으로써 진정한 나 자신을 마주하고 비로소 자유로워질 수 있는 곳,
따뜻한 미소를 가진 사람들이 매일 신께 드리는 차낭과 감사로 가득한 곳,
시간이 천천히 흐르는 그곳에서 보낸 나날들. 월화수목금토일.

끝없이 말하고 끝없이 쓰고도 다 하지 못하는 그 모든 것을 가능하게 했던 우붓이었다. 참 많이도 걸었고, 참 많이도 길을 잃었다. 그리고 참 많이 멈추어 서서 가만히 바라보았다. 나는 그곳에서 삶을 배웠고 내 삶을 이루던 수많은 작은 순간들 앞에 오롯이 서 있었다.

만약 조금 지쳐 있다면, 때때로 두렵고 잠 못 이루는 밤을 만난 적이 있다면, 알 수 없는 서러움에 가슴을 부여잡고 눈물 흘린 적이 있다면. 어디선가 들려오는 목소리를 느꼈지만 결코 들을 수 없었던 날이 있다면.

그땐 너무 늦지 않게 가야만 하는 곳.

그곳은 우붓, 치유다.

언어 》》

인도네시아어가 공용어이고 발리어를 사용한다. 발리인들은 기본적으로 발리어와 인도
네시아어를 구사하는데, 관광객이 많다 보니 영어까지 습득해 보통 3개 국어를 한다. 발
리어는 말레이 폴리네시안(Malayo-Polynesian)의 언어로 카스트 계급별로 언어가 다르
다. 계급 간의 언어에서도 격의 없는 사이에 하는 말, 높임말 그리고 아주 높임말이 따로
있기 때문에 외국인이 배우기에 굉장히 어려운 언어라고 한다. 발리의 공용어인 인도네
시아어는 발음은 고대어 같고, 쉽고, 귀엽다. 예를 들어 '산책'은 잘란잘란(jalan jalan), '조
심해!'는 하띠-하띠(hati-hati)라고 한다.

날씨 》》

연평균 기온 24~31도. 보통 건기는 4~10월, 우기는 11~3월로 나뉘는데 맑고 습도가
낮은 건기가 성수기이며 7~8월과 연말에 물가가 높다. 또한 우기에 하루 종일 비가 내
리는 경우는 드물고 하루 1~3시간 스콜이 내리기 때문에 오히려 물가가 저렴하고 차분한
여행을 즐길 수 있는 우기를 선호하는 사람도 많다.(하지만 도로가 침수될 만큼 강수량이 많을
때도 있다.) 불행하게도 최근 온난화 현상으로 인해 건기와 우기 구분이 명확하지 않다.

종교와 문화 》》》

신들의 섬, 발리에 사는 이들은 영적인 삶을 추구한다. 일 년 중 200일 정도가 세리머니
날이라고 할 만큼 의식이 잦은 편이다. 매일 아침 상점이나 집 앞에 차낭을 바치며 짧은
의식을 드리는(잎으로 만든 조그만 접시에 과자, 음식 등을 담아 꽃으로 예쁘게 장식해서 향을 피
우고 성수를 뿌리며 짧게 기도한다.) 발리인은 영적인 만족감이 높은 것으로 알려져 있다.
인도네시아의 주교가 이슬람교인 반면, 발리의 주교는 힌두교다. 인구 90퍼센트 이상이
힌두교를 믿는다. 인도의 힌두교와 발리의 힌두교는 조금 다르다. 발리인들은 처음 힌두
교와 불교가 발리에 전해졌을 때 그 유입된 종교를 자신의 선조들이 오랜 시간 믿어온
정령숭배, 민간신앙, 토착신앙에 흡수함으로써 독자적인 발리 힌두교 체계를 구축했다.
또한 아직까지 주술사(healer)가 존재하며 발리인들은 그들을 의사(doctor)라고 부른다(크
툿 리에르 할아버지를 'doctor'라고 불렀다).
힌두교의 중요한 개념은 우주의 진리, 질서인 다르마(dharma)와 무질서, 혼돈인 아다르
마(adharma)이다. 끝나지 않는 생의 순환 속에서 힌두교는 두 힘의 균형과 조화를 추구
한다. 발리 힌두 세계관에서 우주는 3개의 층으로 나뉜다. 가장 상위층은 천국(suarga)으

로 신들이 계시는 곳이다. 다음은 인간의 세계(buwah)가 있고, 맨 아래는 저승(bhur)으로 악령이 살고 죄지은 사람들이 벌을 받는 지옥이 있다. 이것은 사람의 몸(머리, 몸, 발), 사원, 집, 방향에 적용되며 발리인의 사고방식에도 깊은 영향을 미친다. 예를 들어 이들은 방향을 가리킬 때 카자(산 쪽)와 중앙(마을)과 쿠롯도(바다 쪽)로 나누어 말하곤 한다. 아궁산을 중심으로 산 쪽은 신성하고 바다 쪽은 악한 것으로 간주하며 사원과 집의 구조, 위치, 방향, 제물의 배치 또한 그것에 의해 엄격하게 유지된다. 이것은 아이의 머리를 만지거나 왼손으로 식사하는 것이 금기시되는 것과도 연관이 있다. 발리인들에게 종교란 흐릿한 관념으로만 존재하는 것이 아니라 매일 말하고 행하고 적용시키는 삶 전반에 깊숙이 두루두루 스며 있다.

명절과 축제 〉〉〉

녀피 데이 Nyepi Day, Day of Silence
한두력으로 새해를 맞이하는 (보통 3월) 녀피(Nyepi)는 발리의 설날이다(매년 날짜가 바뀐다). 전날 거리에서 엄청나게 화려하고 거대한 오고오고(ogoh ogoh)를 만들어 행진(악령을 내쫓는 의례)이 진행된다. 당일에는 발리 모든 이들에게 미션이 주어진다. 무려 악령을 속이는 것이다! 녀피 당일에는 발리 섬 전체가 폐쇄되는데 심지어 공항까지 폐쇄된다고 한다. 소리를 내지 않아야 하고 일하지 않아야 하며 바깥출입도 금지된다(관광객도 마찬가지다). 교통수단은 물론이고 밤에 불빛을 최소화하거나 사용해서는 안 된다. 그럼으로써 악령들이 이 섬에 아무도 거주하지 않는다고 믿고 떠날 것이라고 믿는 것이다.

사라스바티 데이 Saraswati Day
과학, 학습 및 예술의 여신 사라스바티(Saraswati)에게 기도하는 날이다. 주로 학교에서 진행하며 그날은 수업을 하지 않고 학업의 성취를 기원한다.

갈룽안 Galungan, 쿠닝안 Kuningan
발리인들은 210일마다 열리는 주요 축제인 갈룽안 때 조상의 영혼들이 땅으로 내려온다고 믿고 화려한 장식, 제물, 의식, 기도로 환영하며 대접하며 신께 감사를 드린다. 그로부터 10일 후, 조상들이 다시 하늘로 돌아가는 것을 기리는 날이 '쿠닝안'이다.

예술 》》

발리의 '몽마르트', 발리 예술의 중심지로 유명한 우붓은 마을 전체가 아름답고 창조적이
며 거리 곳곳의 이끼 낀 조각상조차 정교하고 세밀해 놀라울 정도다. 발리 공항에서 우
붓으로 가는 길 곳곳에 거대하고 아름다운 조각상들을 심심치 않게 볼 수 있다. 친절한
기사님을 만난다면 "저것은 발리판 로미오와 줄리엣 설화의 조각상이죠"라는 식의 설명
을 들을 수도 있다.

우붓의 예술은 종교를 기반으로 생성되고 발전했다. 이들에게는 예술가란, 일반 농부와
회사원, 노동자들과 구분 없이 받아들여진다. 발리 언어에는 예술(art)과 예술가(artist)라
는 말이 따로 존재하지 않는다고 한다. 창조적이고 기술이 뛰어난 그들에게 예술이란 조
금도 특별할 것이 없으며 신께 드리는 기도와 별반 다를 바가 없는 것이다. 예로부터 토
지가 비옥해 여유로운 생활을 보낼 수 있었던 발리인들은 아침, 저녁으로 각각 두세 시
간씩 일하면서 나머지 시간에 조각, 음악, 무용 등의 창작 활동을 하고 있다.

클래스 》》》

개인 교습을 비롯해 식당이나 숙소와 연계된 곳, 워크숍 센터 등에서 쿠킹, 목공예, 힌두
점성술 등 다양한 수업이 진행된다. 여행 정보 애플리케이션이나 홈페이지에서 리뷰를
보고 신청하는 것도 좋고 직접 찾아가 일정을 문의하고 예약해도 된다.

바틱
발리 전통 염색 기법이다. 도안을 한 천에 왁스를 녹여서 무늬를 만드는데, 왁스가 묻은
곳은 염색이 되지 않는다. 이를 식힌 후 몇 차례 반복한다.

발리 전통 춤
레공 댄스, 바리스(Baris) 등의 전통춤을 배울 수 있다. 몸으로 직접 시범을 보이며 수업
이 진행된다.

가믈란
발리 전통악기들로 연주하는 것을 가믈란 연주라고 한다. 보통 대나무 실로폰, 피리 등
을 배우며 쉬운 곡 한 곡을 연주할 수 있다.

페인팅

강사에 따라 가르치는 회화 양식이 조금씩 다르지만, 보통은 자신이 원하는 그림을 그릴 수 있도록 해준다. 밑그림, 색채에 대한 기본적인 설명을 해주고 그림 작업을 도와준다.

은공예

은을 녹여서 틀을 잡고 장식, 무늬를 만들어 특수 본드로 붙이고 토치로 가열하는 등의 과정을 거친다. 보통 액세서리를 많이 만드는데 세상에 하나뿐인 내가 만든 액세서리를 가질 수 있다는 점에서 인기가 높다.

요가, 명상

우붓은 '요기들의 성지'라 불리기도 할 만큼 전 세계의 요기들에게 유명한 곳이다. 강력한 에너지, 신성한 기운이 있다는 우붓에는 발리 스피릿 페스티발이 열리기도 한다. 요가센터는 개인 수업부터 규모가 있는 스튜디오까지 다양하다. 숙소에서 무료 요가 수업을 진행하는 곳도 있다. 가장 유명한 곳은 '요가반'과 '래디언틀리 얼라이브(Radiantly Alive)'인데 강사진이 바뀌기도 하고 매달 스케줄이 변경된다.

건축 〉〉

우붓의 전통가옥은 구조가 비슷하다. 일반적으로 대문에 두 개의 탑(사당)이 세워져 있고 바로 뒤에 작은 칸막이처럼 세워둔 알링알링(Aling-Aling)을 덧댄다. 또한 입구가 좁은데 이는 모두 악령이나 나쁜 질병을 막기 위해서다. 집안의 어른들을 위한 공간은 북쪽, 자녀를 위한 공간은 서쪽, 부엌은 남쪽(불의 신이 남쪽에 있다고 믿기 때문이다), 가족의례(탄생, 성인식, 결혼식 등)를 행하는 공간은 동쪽으로 지어진다. 우붓 모든 집에는 가족 사원이 있다.

음식 〉〉

나시고렝nasi goreng

고기와 야채를 볶아 만든 볶음밥. 보통 새우 칩이나 달걀프라이를 올려주며 매콤한 삼발 소스와 비벼 먹어도 맛있다.

미고렝mi goreng

고기와 야채를 볶아 만든 볶음면. 나시고렝에서 밥이 아닌 면을 넣어 만든 요리다.

사테sate
닭, 돼지, 생선 등의 꼬치구이. 저렴하고 소스가 달콤한 맛, 매콤한 맛 등 다양하다. 닭고기면 사테 아얌(sate ayam), 돼지고기면 사테 바비(sate babi), 생선이면 사테 리릿(sate lilit)이다.

가도가도gado-gado
발리식 샐러드에 고소한 땅콩 소스를 곁들인 요리. 식당에 따라 땅콩 소스를 조금만 주면 다소 밍밍할 수 있다.

삼발 소스sambal sauce
고춧가루, 양파, 마늘 등으로 만든 향신료. 매운 맛을 즐긴다면 도전해보자.

바비 케찹babi kecap
강한 양념에 볶은 돼지고기를 밥에 올려 먹는다. 한국의 고추장 제육볶음 맛과 비슷하며 맛있다. 강한 맛을 좋아하지 않는다면 추천하지 않는다.

바비 굴링babi guling
통돼지구이. 어린 돼지를 통구이한 것으로 바삭바삭한 껍질과 속살의 육즙이 일품이다. 얹어진 소스와 함께 먹으면 담백하다.

캉쿵kangkung
시금치 비슷하게 생긴 모닝글로리(공심채)를 무친 나물 요리. 식당에 따라 조리법이 다른데, 홍고추를 넣어 매콤하게 무치거나 심심하게 무치고, 푹 삶거나 덜 삶는 곳도 있다. 나물 반찬을 좋아한다면 입맛에 맞을 것이다.

나시 참푸르nasi campur
고기와 야채를 밥에 올린 발리식 비빔밥. 식당에 따라 달걀프라이, 캉쿵, 사테, 튀김, 닭다리 등 다양한 반찬이 올려진다.

숩 이가 사피sup iga sapi
소갈비로 우려낸 탕. 기름진 음식으로 얼큰한 한국의 맛이 그립다면 추천한다. 평소 국밥을 좋아한다면 입맛에 맞겠지만, 매운 삼발 소스를 넣어 먹는 이 음식은 조금 짠 편이라 강한 맛을 좋아하지 않는다면 추천하지 않는다.

어쩌겠어요,
이렇게 좋은데

1판 1쇄 인쇄 2018년 8월 16일
1판 1쇄 발행 2018년 8월 29일

지은이 김유래
펴낸이 고병욱

책임편집 이혜선 **마케팅** 이일권 송만석 현나래 김재욱 김은지
디자인 공희 진미나 백은주 **외서기획** 엄정빈 **제작** 김기창
관리 주동은 조재언 신현민 **총무** 문준기 노재경 송민진 우근영

펴낸곳 청림출판㈜
등록 제1989-000026호

본사 06048 서울시 강남구 도산대로 38길 11 청림출판㈜ (논현동 63)
제2사옥 10881 경기도 파주시 회동길 173 청림아트스페이스 (문발동 518-6)
전화 02-546-4341 **팩스** 02-546-8053

홈페이지 www.chungrim.com
이메일 redbox@chungrim.com
인스타그램 www.instagram.com/redboxstory

ⓒ 김유래, 2018

ISBN 979-11-88039-24-1 (03810)